Rosalia – Medium wider Willen

AF272281

Daniela Mattes

Rosalia -
Medium wider Willen

Bibliografische Information der Deutschen Nationalbibliothek:
Die Deutsche Nationalbibliothek verzeichnet diese Publikation in der Deutschen Nationalbibliografie; detaillierte bibliografische Daten sind im Internet über http://dnb.dnb.de abrufbar.

TWENTYSIX – Der Self-Publishing-Verlag
Eine Kooperation zwischen der Verlagsgruppe Random House und BoD – Books on Demand

© 2021 Daniela Mattes

Herstellung und Verlag:
BoD – Books on Demand, Norderstedt

ISBN: 978-3-740-77089-1

Coverbild: Katharina Lindner
Illustration: Kurt Diedrich (Gebäude), Juliane Mehlan (Personen)
Lektorat: Katharina Lindner

1

Der Regen trommelte gegen die Fensterscheibe und Rosalia konnte die vorbeiziehende Landschaft kaum erkennen. Der Scheibenwischer quietschte und der Vater sah immer wieder besorgt in den Rückspiegel. Sie konnte trotz der Entfernung seine zusammengekniffenen Augen und die Sorgenfalte über der Nase erkennen.

„Geht es Dir gut, Spatz?", fragte er zum hundertsten Mal während er sie auf dem Rücksitz beobachtete.

Rosalia seufzte und lächelte gleichzeitig.

„Du sollst mich nicht mehr Spatz nennen!", sagte sie. *„Ich bin schon zu alt dafür!"*

Jetzt lächelte der Vater und die Sorgenfalte zog sich glatt.

„Egal wie alt du bist, du wirst immer mein Spatz sein. Außerdem bist du erst 14!"

Rosalia seufzte theatralisch und verdrehte die Augen. Beide mussten lachen. Dann konzentrierte sich der Vater wieder auf die vierspurige Autobahn und Rosalia starrte weiter durch die Seitenscheibe des schwarzen BMW.

Sie war aufgeregt, weil sie nicht wusste, was auf sie zukommen würde. Obwohl, das war nicht ganz ehrlich. Eigentlich wusste sie schon, was auf sie zukommen würde. Ein Internat voller Regeln, strengem Unterricht, verkniffenen Lehrerinnen und dummen Puten, die sie ausgrenzen würden, wie in jeder Klasse bisher. Rosalia kaute nervös an ihrer Unterlippe.

Man könnte ja behaupten, dass sie das erst einmal auf sich zukommen lassen müsste, bevor sie sagen könnte, ob es ihr nicht doch gefällt. Aber da begann ja das Problem. Oder zumindest das erste von zwei Problemen.

Denn zum einen sah sie mit ihrer etwas dunkleren Haut und den lackschwarzen Haaren völlig anders aus als die anderen Mädchen. Dazu kam, dass sie eine starke Brille tragen musste, was nicht sehr vorteilhaft aussah.

Und zu guter Letzt war sie auch noch etwas pummelig, was sie versuchte, unter weiten und nicht unbedingt modischen Klamotten zu verstecken. Denn sie liebte lange bunte Röcke oder Kleider im Gypsy-Style, der aber derzeit so überhaupt nicht „in" war. Das hatte sie sich bei ihrer Großmutter abgeschaut.

Und das zweite Problem hatte mit ihrer besonderen Gabe zu tun. „Besondere Gabe", ja, so hatte die Oma es immer genannt. Beim Gedanken an die Großmutter traten Rosalia Tränen in die Augen. Sie vermisste ihre Großmutter so sehr. Sie war immerhin bei ihr aufgewachsen, da ihre Mutter bei der Geburt verstorben war.

Die Oma war ihr Ein und Alles gewesen, während der Vater auf Geschäftsreise war und lang arbeiten musste. Ihre Oma war Freundin, Ratgeberin und Ersatzmutter in einem und damit so richtig cool gewesen.

Oma Maria war eine waschechte Wahrsagerin und sie hatte trotz ihrer 78 Jahre noch hübsche bunte Kleider getragen und lange Ketten mit Edelsteinanhängern, von denen sie behauptete, dass sie Glück bringen. Und sie hatte immer ein Räucherstäbchen im Wohnzimmer angezündet, wenn sie entspannen wollte oder bevor Besuch kam. Oder nachdem der Besuch gegangen war.

Trotz ihrer Trauer musste Rosalia beim Gedanken daran grinsen. Ihre Oma hatte eigentlich immer einen Grund dafür gefunden, ein Räucherstäbchen anzuzünden. Oma liebte Räucherstäbchen.

Und Oma war Lebensberaterin und ein „Medium". Das bedeutet, dass sie den Leuten alles aus den Karten lesen konnte, um ihnen zu helfen. Sie konnte sogar Botschaften von Geistern hören oder Verstorbene sehen. Das war ziemlich gruselig und fast wie in der Serie „Ghost Whisperer".

Aber für die Menschen, die Omas Hilfe brauchten, war das super. Denn sie freuten sich über den Kontakt mit ihren verstorbenen Verwandten und konnten ihnen nochmal versichern, wie sehr sie sie liebten oder wichtige Fragen stellen, die sie zu Lebzeiten versäumt hatten.

Oma hatte so vielen Menschen geholfen! Ganz oft, wenn Rosalia nach Hause gekommen war, war jemand bei Oma gesessen und hatte sich aus der Hand lesen oder die Karten legen lassen. Und auch wenn sie noch so verzweifelt gewesen waren, als sie das Haus betreten hatten, sie waren stets ganz gelöst, wenn sie wieder gingen.

Ihre Oma war einfach der Hammer gewesen! Und sie hatte ihr prophezeit, dass Rosalia selbst einmal ein gutes Medium werden würde. Es brauchte meist nur einen wichtigen Auslöser dafür. Ob sie sich darüber freuen sollte, wusste Rosalia noch nicht. Aber man konnte sehr viel Gutes tun mit so einer Gabe, das wäre schon schön, wenn sie das auch einmal könnte.

Oma Maria hatte immer jedem geholfen, doch als sie selbst Hilfe gebraucht hätte, war niemand zu Hause gewesen. Sie hatte einen Herzinfarkt gehabt am einzigen Tag, für den sie keine Termine angenommen hatte. Manchmal dachte Rosalia daran, ob die Oma es wohl gewusst hatte. Vielleicht wollte sie einfach ganz alleine und in Ruhe sterben ....

Rosalia liefen jetzt die Tränen über die Wangen und sie wischte die Gedanken mit aller Kraft beiseite. Sie wollte jetzt nicht auch noch daran denken, wie sie sie gefunden oder wie sie sie beerdigt hatten. Stattdessen sollte sie sich auf die baldige Ankunft im *Internat Sonnenhof* vorbereiten. Es würde nicht einfach werden. Sie wusste das, weil sie vieles bereits in ihren „Visionen" gesehen hatte.

Das bedeutet, dass sie manche Dinge ganz spontan vorhersehen konnte. Manchmal tauchten nur Bilder in ihrem Kopf auf und manchmal längere Szenen, wie in einem Film oder einem Traum. Und diese Dinge geschahen dann später tatsächlich! Viele Wahrsager konnten die Zukunft oder die Vergangenheit aus den Handlinien oder Tarotkarten ablesen, was Rosalia ebenfalls konnte, aber sie hatte eben einfach diese Visionen, die sie leider nicht kontrollieren konnte.

Sie kamen bisher nur zufällig und dann auch nicht immer zum günstigsten Zeitpunkt. Rosalia hätte es besser gefunden, diese Visionen auf Kommando rufen zu können, aber das war leider nicht möglich. Trotzdem war die Oma ganz stolz auf sie gewesen, als sie ihr davon erzählt hatte.

„Das ist deine ganz besondere Gabe, meine Rose!", hatte sie immer gesagt. *„Aber du musst noch daran arbeiten, richtig mit ihr umzugehen. Du darfst keine Angst haben!"*

Und dann war ihr Gesicht ganz traurig geworden.

„Aber, meine Rose, es wird erst etwas ganz Schlimmes passieren, bevor deine Gabe richtig herauskommt. Sei stark, versprich es mir!"

Und natürlich hatte sie es der Oma versprochen.

Sie hatte es kommen sehen, dass es einen Schulwechsel geben würde. In ihren Visionen hatte sie bereits Gesichter gesehen von Schülerinnen, die über sie lachten. Aber die Visionen waren noch unzusammenhängend und zufällig. Wahrscheinlich war es auch nicht wichtig. Man würde sie im Internat genauso verspotten, wie in der vorigen Schule.

Weil sie nicht so stylisch war wie die anderen Mädchen, weil sie zu zurückgezogen war und lieber ein Buch las, als shoppen zu gehen. Weil sie gute Noten hatte und eine Streberin war – aber sie wollte später unbedingt Ärztin werden oder Psychologin und dazu brauchte sie gute Noten. Warum die anderen das schlimm fanden, war ihr nicht klar.

„Die sind nur neidisch, meine Rose!", hatte Oma sie immer getröstet. „Lass dich nicht von deinem Traum abbringen. Du wirst eine tolle Psychologin werden. Du wirst die Kinder verstehen, wenn sie zu dir kommen, weil du schon so vieles erlebt hast!"

Ob das so sein würde?

„Wir sind jetzt gleich im Internat, Spatz!", unterbrach der Vater ihre trüben Gedanken. „Da vorne ist die Abfahrt nach Wächterstett und dann sind wir auch gleich da."

Rosalia setzte sich aufrecht hin und kontrollierte ihre Kleidung. Sie schaffte es immer wieder, dass ihr irgendetwas Seltsames passierte, weil sie einfach zu ungeschickt war. Aber heute wollte sie einen guten ersten Eindruck machen.

Saß der lange Rock richtig, oder hatte er sich etwas beim Herumrutschen auf dem Rücksitz irgendwie nach oben geschoben? Das wäre dann ein echt peinlicher Auftritt, gleich beim Aussteigen.

Nein, alles in Ordnung, stellte sie fest. Die Schnürschuhe waren korrekt geschnürt, der gestrickte Pulli kaschierte perfekt ihre pummeligen Rundungen und hatte ausnahmsweise keine Flecken. Die Brille war einwandfrei auf der Nase platziert, die langen Haare ordentlich zu zwei straffen Zöpfen gebunden, die ihr bis zum Bauchnabel fielen und die Tasche mit dem Handgepäck fest verschnürt.

Sie kontrollierte das absichtlich doppelt, denn es wäre nicht das erste Mal, dass ihre Umhängetasche beim Umhängen plötzlich kippte, weil sie sie nicht verschlossen hatte. Aber nein, alles klar. Den quietschgelben Regenumhang hatte sie ebenfalls griffbereit, damit sie nicht völlig durchweicht in der Schule ankam. Wer weiß, wie weit es vom Parkplatz zum Schulgebäude ist?

So gerüstet saß sie kerzengerade auf dem Rücksitz und beobachtete durch die Frontscheibe, wie der Vater in das Dorf Wächterstett hineinfuhr. Es sah nach einem recht kleinen Dorf aus.

„Die Stadt hat nur 13.000 Einwohner, du kannst dich also nicht verirren, wenn ihr mal Ausgang habt!" erklärte der Vater, während er die Hauptstraße entlangfuhr.

Skeptisch beäugte Rosalia die Geschäfte entlang der Hauptstraße. Ausgang? Wer wollte schon Ausgang haben? Sie sah ein Eiscafé, ein Kino, Metzger, Bäcker, einen Drogeriemarkt, eine Buchhandlung, einen Schnellimbiss, eine Pizzeria und einen Klamottenladen.

Ihre Miene hellte sich auf. Eine Buchhandlung. Das war wichtig! Der Rest war mehr oder weniger egal. Sie würde sowieso keine Freundinnen haben, die sie ins Café oder ins Kino begleiteten. Aber Bücher, das war etwas anderes. Bücher waren ihre besten Freunde. Ihre Laune besserte sich bereits ein wenig, als der Vater kurz vor Ortsende auch schon in eine breite Straße einbog, die leicht bergauf führte.

Der Regen wurde jetzt noch stärker und der Scheibenwischer lief auf der höchsten Stufe. Der Vater musste ganz langsam fahren, um nicht im Feld neben der Straße zu landen. Dann konnte man durch den Regen hindurch ein großes Gebäude sehen. Vielleicht war das einmal ein Gutshaus gewesen oder ein großer Bauernhof oder ein Kloster. Jedenfalls war das Gebäude riesig und hatte mehrere Anbauten. So groß hätte es sich Rosalia gar nicht vorgestellt. Das war also das *Internat Sonnenhof*. Na prima.

„Ich kann bei dem Regen kein Schild erkennen, auf dem ein Besucher-Parkplatz angezeichnet wäre!", schimpfte der Vater. *„Ich halte einfach vor dem Eingang, dann wirst Du auch nicht nass. Und es wird schon erlaubt sein, fünf Minuten zu parken, um einen Koffer auszuladen!"*

„Wieso nur 5 Minuten? Kommst du denn nicht mit hinein?", fragte Rosalia und schluckte trocken. Der Vater wollte sie ganz allein der neuen Schule zum Fraß vorwerfen!

„Spatz, ich muss doch mein Flugzeug nach China erwischen. Und außerdem tut uns beiden ein langer Abschied nur weh. Du weißt, ich werde dich wahnsinnig vermissen. Aber es ist nur für ein Schuljahr und dann sind wir wieder zusammen!"

Rosalia bekam rote Wangen und begann zu schwitzen. Das erste Zeichen für Panik. Aber es blieb ihr nichts anderes übrig, als sich zusammenzureißen. *Nur nicht heulen!* sagte sie verbissen zu sich selbst. Sie atmete tief durch und dann hielt der BMW auch schon direkt vor dem Eingang. Eine riesige Tür von enormen Ausmaßen wartete darauf, dass Rosalia eintrat.

Langsam zog sie den Regenmantel an und schnappte sich die Tasche. Der Vater griff auf den Beifahrersitz und holte den kleinen Regenschirm, um seinen Anzug nicht zu ruinieren. Der Regen trommelte jetzt so stark auf das Auto, dass man ohne die Scheibenwischer überhaupt nicht mehr durch die Frontscheibe sehen konnte.

Der Vater hatte so geparkt, dass der Wagen mit der Beifahrerseite zur Tür stand. So würde Rosalia nach zwei Schritten schon am Eingang stehen. Wenn sie sich beeilte, würde sie kaum nass werden. Er selbst würde bestimmt wieder trocken werden, bevor er das Flugzeug betrat. Es war ja auch noch eine ziemlich weite Strecke bis Frankfurt.

Der Vater schwang sich aus dem Auto und öffnete den Schirm. Als die Tür wieder zufiel, fühlte sich Rosalia einen Moment lang einsam, der schwere Regen machte sie traurig. Doch das half jetzt alles nichts. Sie musste sich der Schule und den neuen Mädchen stellen.

„Ich werde tapfer sein, Oma!", sagte sie halblaut und streckte die Hand zum Türgriff aus. In dem Moment wurde die Tür von außen aufgerissen.

„Nun beeil dich doch, ich werde hier klatschnass!", schimpfte der Vater und hielt Rosalia den kleinen Koffer hin, damit er ihn nicht in die Pfütze vor dem Wagen stellen musste.

Rosalia griff danach und stolperte. Sie fiel auf die Knie und saß samt ihrem Rock in der riesigen Pfütze. Der restliche Körper war gut geschützt vom Regenmantel, aber ihre Beine waren auf einen Schlag eiskalt und von irgendwo ertönte ein mehrstimmiges Gelächter.

Der Vater half ihr auf und gab ihr einen Kuss, dann rannte er um das Auto herum, schloss den Schirm und sprang auf den Fahrersitz. Durch den Regen konnte Rosalia nicht einmal sehen, ob er winkte. Aber sie winkte beinahe verzweifelt, als das Auto startete und im dichten Regen verschwand.

Das Gelächter hatte mittlerweile aufgehört und als Rosalia sich der Tür zuwendete, sah sie einige Frauen und fünf Mädchen unter der großen Flügeltür stehen und sie hastig hereinwinken. War ja klar, dass sie es geschafft hatte, sich gleich bei der Ankunft zu blamieren! Resigniert schnappte sie den Koffer und ging direkt hinein in ein neues Schuljahr.

2

„*Herrje, Kind, du bist ja ganz nass geworden*", begrüßte sie eine der besorgten Damen, die unter der geöffneten Tür standen. Eine adrett gekleidete Frau im dezenten grauen Kostüm und mit einem schick gesteckten Dutt. Sie schob Rosalia an der Schulter rasch in die Halle hinein, wo die fünf Mädchen sie neugierig beäugten. Die vier anderen Frauen nickten ihr freundlich zu.

„*Komm schnell herein, ich führe dich in dein Zimmer und zeige dir, wo du dich rasch frischmachen kannst. Dann kommst du noch rechtzeitig zur nächsten Unterrichtsstunde.*"

Mit schnellen Schritten ging die Frau voraus und steuerte auf eine Tür zu, die wohl in den Seitentrakt führte, in dem die Kinder der Mädchen sowie die Sanitäranlagen und auch die Küche mitsamt der Schulkantine lagen.

„*Ich bin übrigens Helga Killig und die Rektorin dieses Internats*", rief sie halb rückwärtsgewandt Rosalia zu, die sich bemühte, mit der Rektorin Schritt zu halten. Ihr nasser Rock und die Schuhe hinterließen feuchte Spuren auf dem glänzenden Boden.

Die fünf Mädchen folgten der Rektorin und Rosalia kichernd.

„*Na das geht ja schon gut los!*", murmelte Rosalia traurig, doch sie versuchte, sich nichts anmerken zu lassen. Stattdessen räusperte sie sich und drehte sich nach den Mädchen um.

„*Seid ihr auch in meiner Klasse oder teilen wir uns eventuell einen Schlafsaal?*", fragte sie bemüht freundlich.

Doch die Antwort war nur ein Gekicher, das erst aufhörte, als die Rektorin kurz stehen blieb und einen strengen Blick auf die Mädchen warf.

„Ich nehme an, ihr habt noch etwas zu tun?", fragte sie und zog eine Augenbraue hoch.

Das Gekicher verstummte abrupt und die Mädchen nickten und machten sich schleunigst auf den Weg in die Bibliothek, in der die Kinder ihre Hausaufgaben erledigten. Schließlich blieb die Rektorin vor einer Tür stehen und wartete, bis Rosalia sie eingeholt hatte.

„Das hier ist dein Zimmer", erklärte sie dann und zeigte auf die Tür mit der Aufschrift 1.01.

„Wir sind ein modernes Internat und nutzen die Schlafsäle nicht mehr als Unterkunft. Es ist wichtig, dass junge Mädchen eine gewisse Privatsphäre besitzen und konzentriert lernen können – oder eine Rückzugsmöglichkeit haben. Daher haben wir nur noch Einzelzimmer."

Sie öffnete die Tür und ließ Rosalia mit ihrem Koffer den Vortritt. Neugierig betrat Rosalia ihr künftiges kleines Reich, in dem sie ein langes Jahr aushalten musste, bevor ihr Vater sie wieder abholen würde. Sie hatte auch keine Möglichkeit, die Ferien oder die Wochenenden zu Hause zu verbringen, da ihr Vater im Ausland war und die Oma ... schnell wischte sie den Gedanken beiseite, um nicht in Tränen auszubrechen. Das Zimmer war nicht so winzig, wie sie befürchtet hatte, denn durch den Umbau der Schlafsäle hatte es genügend Platz für ausreichend große Einzelzimmer gegeben.

Es war ein freundliches Zimmer mit einer hellgelben Tapete, einem gemütlichen Bett, das tagsüber als Sofa genutzt werden konnte, einem Schreibtisch vor dem Fenster, das mit einem Rollo mit Schmetterlingen ausgestattet war, sowie einem Schrank, einer Kommode mit einem Regalbrett darüber und sogar einem Nachttisch mit Radiowecker.

Und zu ihrer Begeisterung gab es auch ein winziges Bad, fast wie in einem Hotel. Sie war sehr erleichtert, dass sie morgens schon über so viel Privatsphäre verfügte und sich nicht bereits dem Spott der anderen aussetzen musste, wenn sie in ihrem alten Nachthemd in ein Gemeinschaftsbad kommen musste.

„Das ist wirklich schön hier!", sagte sie ehrlich erfreut und strahlte die Rektorin an.

„Es freut mich, dass es dir gefällt!", lächelte Frau Killig zurück. *„Dann räume bitte deine Sachen in den Schrank und zieh dir trockene Kleidung an. Und anschließend kommst du bitte in den ersten Stock, wo die Klassenzimmer sind. Dort stellen wir dich deiner neuen Klasse vor."*

„In welches Zimmer muss ich denn, ich habe Angst, mich gleich zu verirren und zu blamieren", gab Rosalia leise zu.

Frau Killig lächelte ihr aufmunternd zu und legte einen Stundenplan auf den Kiefernholzschreibtisch.

„Hier ist der Stundenplan, auf dem auch die Zimmernummer vermerkt ist. Und auf der Rückseite befindet sich der Lageplan des Gebäudes. Dort sind auch die Kantine, die Bücherei und andere wichtige Räume eingezeichnet. Und wenn du Fragen hast, kannst du dich jederzeit an deine Mitschülerinnen oder an die Lehrerinnen wenden. Und nun beeile dich bitte!"

Sie nickte ihr noch einmal freundlich zu und ließ sie dann in ihrem neuen Zimmer alleine.

3

Rosalia hätte sich nur zu gerne auf das Bett plumpsen lassen, doch sie musste notgedrungen erst einmal aus dem nassen Rock heraus, der unangenehm an ihren Beinen klebte.

Schnell ging sie ins Badezimmer und schälte sich dort aus dem Rock, dann weichte sie ihn komplett im Waschbecken ein und hängte ihn an den Handtuchhalter, wo er trocknen konnte.

Sie würde sich noch erkundigen müssen, wo man seine Wäsche waschen konnte, denn sie hatte nicht sehr viele Kleidungsstücke dabei.

Rasch wählte sie ihren zweitliebsten langen Rock, in dem sie sich gleich wohler fühlte. Dann verstaute sie alle mitgebrachten Outfits im Zimmerschrank, in dem einige bunte Kleiderbügel hingen.

Ein Foto ihrer Eltern und ihrer Großmutter sowie einige ihrer Lieblingsbücher stellte sie auf das Regalbrett über der Kommode. Dann räumte sie ihre Schulsachen aus der Schultasche aus und ordnete sie auf dem kleinen Schreibtisch. Welche Unterlagen würde sie für den Nachmittagsunterricht benötigen?

Prüfend warf sie einen Blick auf den Stundenplan, den ihr die Rektorin vorhin gegeben hatte. Da heute erst der offizielle erste Schultag war, den sie leider aus beruflichen Gründen ihres Vaters und aufgrund der längeren Anfahrt halb versäumt hatte, würde wohl nicht viel auf dem Programm stehen.

Aha, da standen nur eine Stunde Deutsch und eine Stunde Englisch, danach war Zeit für Hausaufgaben und dann kam schon das Abendessen. Das hörte sich doch ganz gut an.

Schnell wählte sie einen Schreibblock und ihren Lieblingsstift aus, sowie das Englischbuch und den Roman „Die Welle" von Morton Rhue, der in diesem Schuljahr zur Pflichtlektüre gehörte. Eine Liste aller Bücher und Utensilien, die sie benötigte, hatte das Internat ihrem Vater direkt nach der Anmeldung für das Schuljahr zugeschickt. So hatte sie sich gut vorbereiten können und alles gekauft. Sie hatte sogar eine neue Schultasche bekommen.

Sie warf einen letzten Blick auf den Lageplan, bevor sie ihr Zimmer verließ. Den Plan selbst wollte sie nicht mitnehmen, sie wollte lieber ganz cool wirken und das Klassenzimmer 2.37 alleine finden. Laut Plan musste sie dafür nur in die Eingangshalle zurück, die Treppe hoch und dann linkerhand in den Gang hinein, in dem es sich befand. Alle Türen waren außerdem beschriftet, es sollte also überhaupt kein Problem sein, den richtigen Raum zu finden.

Das Herz schlug ihr vor Aufregung bis zum Hals, als sie ihr Zimmer verließ und den Schlüssel umdrehte, der draußen steckte. Jedes Kind durfte sein privates kleines Reich abschließen, wenn es zum Unterricht ging, damit keine anderen Kinder etwas entwenden konnten.

Den Schlüssel steckte sie in die kleine Gürteltasche zu ihrem Glücksedelstein. Sie hatte es sich angewöhnt, auch zu ihren Röcken immer einen Gürtel mit einer kleinen Tasche zu tragen. So konnte sie Kleingeld, ihren Edelstein oder auch ihr Handy problemlos immer mitnehmen. Niemand bemerkte, dass sie die Tasche trug, da sie sich stets in übergroße Oberteile einhüllte, die sowohl den Gürtel als auch das Täschchen perfekt verdeckten.

Dann hängte sie die knallrote neue Schultasche mit Schwung über die rechte Schulter und machte sich auf den Weg zu ihrem ersten Unterricht in diesem Internat.

Auf dem Gang begegneten ihr die ersten anderen Mädchen, doch da sie nicht wusste, welche davon in ihre Klasse gingen, konnte sie sich nicht an ihnen orientieren.

Langsam und konzentriert stieg sie die Stufen in den nächsten Stock empor. Parallel dazu gab es auch eine Treppe ins Erdgeschoss, in dem sich die Chemie- und Physiksäle befanden. Als sie sich dem Zimmer 2.37 näherte, steigerte sich ihre Nervosität. Sie beobachtete, welche Mädchen vor ihr in das Zimmer gingen, um einzuschätzen, mit wem sie es zu tun haben würde.

Das Internat war ziemlich exklusiv, das wusste sie, doch ihr Vater war in seiner Firma an einer hohen Position und konnte es sich erlauben, ihr diese gute Ausbildung zu finanzieren. Daher waren hier auch überwiegend Mädchen aus reichem Haus, was Rosalia sofort an den teuren Outfits sehen konnte.

Dafür waren die Klassen überschaubar klein, denn in kleinen Gruppen konnte das Lernen der Kinder besser überwacht und gefördert werden. Ihre Gruppe bestand daher nur aus 15 Mädchen. Sie würde also auch schnell deren Namen lernen, so hoffte Rosalia.

Als sie das Zimmer betrat, sah sie, dass hier in drei Reihen je 5 Einzeltische standen. Dazwischen hatte man absichtlich Platz gelassen, um Privatgespräche und auch das Abschreiben bei Tests nach Möglichkeit zu unterbinden.

Es waren noch einige Plätze frei, doch sie war sich nicht sicher, ob es seit heute Vormittag bereits eine feste Sitzordnung gab und sie wollte nicht gleich anecken, indem sie einer anderen Schülerin den Platz wegnahm. Also wartete sie ab und stand unschlüssig neben der Tür, bis alle Plätze besetzt waren. Nur ganz hinten war noch der Platz direkt am Fenster frei.

Erleichtert steuert sie auf den Tisch zu und setzte sich. Sie spürte genau, dass alle sie anstarrten, doch sie konnte nichts dagegen tun. *Blickkontakt suchen!* ermahnte sie sich selbst und versuchte, die anderen Mädchen freundlich anzulächeln. Viele erwiderten das Lächeln einfach, eine Vierergruppe, die sich strategisch günstig in Reihe 1 und 2 paarweise hintereinander gesetzt hatte, kicherte jedoch und drehte sich immer wieder nach ihr um.

Da kam auch schon die Lehrerin herein. Es war eine der Frauen, die sie vorhin empfangen hatte. Doch Rosalia kannte ihren Namen nicht. Diese Lehrerin war noch jung und auch nicht so streng gekleidet wie die Rektorin. Sie hatte eine freche Kurzhaarfrisur und trug Designerjeans mit hohen Schuhen sowie eine Seidenbluse und eine goldene Halskette mit dazu passenden Ohrringen und einem Armband.

„*So, Mädels*", sagte sie in kumpelhaftem Ton. „*Wir haben uns heute Morgen ja bereits kennengelernt, doch nun ist noch eine Nachzüglerin zu uns gestoßen. Rosalia, kommst du bitte kurz nach vorn an die Tafel, um dich den anderen vorzustellen?*"

Aufmunternd blickte die Lehrerin Rosalia an und winkte sie zu sich heran. Auch wenn Rosalia sich überhaupt nicht wohlfühlte bei dieser Sache, blieb ihre keine Wahl. Sie setzte ein freundliches Lächeln auf und ging schnell nach vorn.

Hinter ihr erhob sich leichtes Gekicher. Rosalia erschrak. Das konnte entweder an ihrem Aussehen liegen oder weil sich die Mädchen über ihren seltenen Namen lustig machten. Innerlich seufzte sie. Vielleicht sollte sie nicht nur sich selbst vorstellen, sondern auch etwas zu ihrem Namen sagen?

„Rosalia, ich bin deine Klassenlehrerin, Anne Holmstedt. Wenn du den anderen vielleicht kurz etwas über dich sagen könntest, wo du herkommst oder was deine Hobbies sind und warum du hier bist ...?"

Nun, warum war man wohl in einer Schule? dachte Rosalia. Doch die Lehrerin wollte ihr andeuten, dass sie den anderen davon berichtete, dass sie nur für ein Schuljahr hier sein würde, um dann mit ihrem Vater wieder nach – ja, wohin eigentlich? – zu ziehen. Er musste ständig in anderen Städten arbeiten und vielleicht sogar in einem anderen Land, wohin er sie mitnehmen würde.

Sie versuchte, in Gedanken nicht abzuschweifen und konzentrierte sich auf die Aufgabe, die vor ihr lag.

„Hallo, ich heiße Rosalia und komme aus einem kleinen Dorf namens Katzenbühl in der Pfalz. Ich werde nur für ein Jahr hier auf die Schule gehen, weil mein Vater für seine Firma nach China gehen muss.

Vielleicht findet ihr meinen Namen etwas ungewöhnlich, aber den habe ich einer italienischen Heiligen zu verdanken –

und genaugenommen einem alten Rock Song. Die Heilige hieß Rosalia „la Santuzza" und lebte irgendwann im 12. Jahrhundert in Palermo in einer Einsiedlerhöhle. Sie war eine Heilige, die damals als Helferin während der Pest angerufen wurde.

Naja, und meine Eltern mochten offenbar den Song „Rosalie" von der Band „Thin Lizzy", die ich überhaupt nicht kenne, aber für die beiden war es wichtig. Und irgendwie sind sie dadurch auf meinen Namen gekommen."

Rosalia blickte in die gespannten und belustigten Gesichter ihrer Mitschülerinnen und wusste nicht weiter. Doch die Lehrerin nickte ihr aufmunternd zu und sie fuhr fort.

„Meine Mutter ist bereits bei meiner Geburt gestorben und ich habe bei meiner Oma gewohnt, weil mein Vater ständig beruflich unterwegs ist. Doch nun ist auch meine Oma gestorben und mein Vater konnte mich weder alleine lassen noch mit nach China nehmen. Ich werde also ein Jahr mit euch verbringen und dann muss ich warten, wohin er als nächstes versetzt wird."

Ihre Stimme war gegen Ende der Vorstellung immer leiser geworden und die Mädchen, die zunächst noch gekichert hatten, hatten die Augen aufgerissen und waren sichtlich betroffen.

Die Lehrerin räusperte sich.

„Und du hast doch bestimmt auch Hobbies, oder?", versuchte sie, das Thema zu wechseln.

„Ja, also ich lese sehr gerne, weil ich neugierig bin auf das Leben und die Welt. Ich will so viel wie möglich erfahren und lernen. Daher liebe ich Bücher."

Rosalia

Sie wusste nicht, was sie sonst noch hätte erzählen sollen. Dass sie Handlinien lesen und Karten legen konnte und gelegentlich Visionen hatte, die sie aber nicht steuern konnte? Damit hätte sie gleich für den ersten Lachanfall gesorgt und wäre wohl von Anfang an unten durch gewesen.

„Nun, das ist doch schön", sagte Frau Helmstedt etwas hilflos. Sie hatte mit spannenden Hobbies und Sport oder Kino gerechnet, aber ein Bücherwurm war zwar in ihren Augen etwas Gutes, aber für die Klassenkameradinnen eher langweilig. Diese Mädels waren nämlich nicht so brav, wie sie aussahen. Die meisten waren schon das zweite oder dritte Jahr hier und Frau Helmstedt kannte ihre Pappenheimer.

„Vielleicht würdet ihr nun auch einzeln kurz aufstehen und eure Namen nennen, damit Rosalia die Chance hat, sich diese einzuprägen?", erklärte sie dann und zeigte vorne auf das erste Mädchen aus der Viererclique, die vorhin mitgekichert hatte.

Reihum standen die Mädchen kurz auf und nannten ihre Namen:

Reihe 1: Hannah, Chiara, Olivia, Sofia, Amélie,

Reihe 2: Isabel, Beatrice, Lily, Zoe, Mia,

Reihe 3 neben ihr: Laura, Emma, Julia und Adeline.

Während Rosalia die Mädchen stumm anschaute, bekam sie spontane Eindrücke, keine starken Visionen, aber kurze Informationen zu jeder von ihnen.

Vor Chiara und Hannah musste sie sich in Acht nehmen. Mit den beiden war nicht gut Kirschen essen. Isabel und

Beatrice, die ebenfalls zu dieser Clique gehörten, waren eher Mitläufer und ein bisschen naiv, aber weniger gefährlich.

Olivia, Sofia und Amélie hatten sich auch nebeneinander gesetzt, da sie ebenfalls befreundet waren. Sie waren die Sportlichen der Klasse.

Lily und Zoe waren besonders fröhlich und humorvoll und erzählten gerne Witze, über ihre Zukunft erhielt Rosalia keine Vision, vielleicht war es den beiden selbst noch nicht ganz klar, was sie später einmal machen würden? Dafür konnte sie bei den anderen Mädchen etwas mehr „sehen".

Mia war eher ruhig und gemütlich und las auch gerne Bücher. Sie hatte vor, einmal Schriftstellerin zu werden und vielleicht so berühmt wie die Schöpferin von Harry Potter. Eventuell könnte sie sich mit ihr anfreunden? überlegte Rosalia.

Laura liebte Tiere und hätte gerne einen Hund, später würde sie vielleicht gerne teure Rassehunde züchten. Emma zeichnete gerne und war gut im Kunstunterricht (sie wollte später Grafikdesignerin werden).

Julia war eine gute Fotografin und hoffte, später mit Stars arbeiten zu können (ansonsten würde sie einfach eine berühmte Bloggerin werden). Die hübsche Adeline wollte später einmal Model werden oder wenigstens eine Influencerin oder YouTube-Star.

Puh, so viele Eindrücke auf einmal! Rosalia war beinahe erschöpft von den vielen Bildern, die ihr gleichzeitig in den Kopf geschossen waren. Doch es war auf jeden Fall hilfreich gewesen.

„Ich kann mir vermutlich nicht alle Namen auf einmal merken, also entschuldigt bitte, wenn ich nochmals nachfragen sollte", erklärte sie und huschte dann schnell wieder an ihren Platz zurück, wo sie sich in Sicherheit fühlte.

„Nun gut, nachdem ihr euch jetzt alle kennengelernt habt, können wir mit dem Unterricht anfangen ..."

Rosalia war erleichtert, dass die Aufmerksamkeit nicht mehr auf ihr lag, sondern nun auf das Buch gerichtet war, das sie selbstverständlich bereits gelesen hatte.

Sie freute sich, dass sie sich gleich zwei Mal melden und eine Frage richtig beantworten konnte. Auch Mia, der andere Bücherwurm, beteiligte sich eifrig am Unterricht. Sicherlich hatte sie das Buch ebenfalls vor Schuljahresbeginn bereits gelesen. Schön, dass es noch andere Gleichgesinnte hier gab.

Vielleicht würde es ja doch nicht so schlimm werden, wie sie befürchtete?

4

Der Unterricht verlief ohne weitere Zwischenfälle, auch wenn Rosalia sehr genau bemerkte, dass die anderen Mädchen ihr ab und zu einen verstohlenen Blick zuwarfen. Verunsichert kontrollierte sie, ob ihr Rock und ihr Pullover richtig saßen und ob die Haare ordentlich gekämmt waren. Doch daran lag es wohl nicht. Sie war einfach zu anders.

Als der Gong, ein angenehmer, lang anhaltender und tiefer Klang, ertönte und das Ende der Deutschstunde verkündeten, sprangen die Mädchen erleichtert auf und setzten sich in Grüppchen zusammen, um sich zu unterhalten. Frau Helmstedt öffnete das Fenster vorne beim Pult und ließ etwas frische Luft herein.

Rosalia wusste nicht genau, was sie nun während der kurzen Pause tun sollte, doch, um nicht angestarrt zu werden, verließ sie das Klassenzimmer und ging nach vorne zum Treppenhaus. Dort beobachtete sie die fröhlichen Mädchen, die hoch- und runtergingen und sich miteinander unterhielten.

Alle waren modisch gekleidet und hatten lange Haare, als würde das hier zu einem Standard gehören. Nun, wenigstens damit konnte sie aufwarten. Aber was die Kleidung betraf ... sie besaß zwar Jeanshosen, aber sie hatte keine solchen modernen mit Löchern darin, wie die anderen trugen. Ob es helfen würde, sich auch eine solche Jeans zu kaufen? Oder selbst irgendwelche Löcher reinzuschnippeln?

Sie wollte gerade wieder zurück ins Klassenzimmer, als sie hörte, wie sich Isabel und Beatrice über sie unterhielten.

Sie standen mit dem Rücken zu ihr und hatten sie wohl nicht gesehen.

„Ja, meine Freundin sagt, sie hat bereits von Rosalia gehört, denn die Cousine meiner Freundin hat eine Freundin, die auch in Katzenbühl wohnt. Sie war auf derselben Schule wie Rosalia und hat erzählt, dass die Mädchen dort Angst vor ihr hatten. Denn sie ist angeblich eine Hexe.

Sie hat irgendwelche Vorahnungen und kann Karten legen und aus der Hand lesen und all sowas. Und wie sie aussieht! Der Gypsy-Style ist doch so was von out! Und wenn man ihn wiederbeleben möchte, dann doch bitte mit Markenklamotten und anderen Farben. Also ehrlich ... Nun, ich bin mal gespannt, ob sie uns hier auch eine Kostprobe ihrer Fähigkeiten gibt."

„Also ich finde das schon spannend, ich würde mir auf jeden Fall die Karten legen lassen. Sowas gibt es doch sonst nur im Fernsehen ... Aber du hast recht: die Klamotten gehen gar nicht. Und sie hat auch so eine dunkle Haut. Ob sie eine Zigeunerin ist?"

„He, Beatrice, sag das nicht so laut, das Wort darf man ja nicht mehr verwenden, weil es so abwertend ist."

„Ich wollte es gar nicht negativ verwenden, aber die Klamotten und ihre Fähigkeiten, das passt doch zu den Wahrsagerinnen, die man im Fernsehen sieht, wenn sie mit ihren kleinen Wagen und Pferdegespannen unterwegs sind und auf dem Markt den Menschen aus der Hand lesen."

„Sowas gibt es doch heute überhaupt nicht mehr! Nein, ihre Großmutter stammt wohl Spanien oder so und die sind einfach von der Sonne gebräunt. Angeblich waren die dort ganz

hohe Tiere. Und der Vater arbeitet ja auch für einen großen Konzern als Unternehmensberater. Daher ist er immer unterwegs, weil er auf der ganzen Welt die Zweigwerke und Tochterfirmen beraten muss. Und dann muss er schon wieder umziehen. Daher ist sie ja auch nur ein Jahr hier."

„Mensch, Isabel, woher hast du nur immer deine ganzen Infos? Bist du im Spionagegeschäft? Aber ja, ich finde das furchtbar, wenn man ständig umziehen muss ..."

„Tja, ich bin halt gut informiert. Naja, umziehen musste sie ja bisher nicht, sie ist bei ihrer Oma aufgewachsen und nur der Vater musste laufend umziehen. Aber jetzt kann er Rosalia nirgends lassen, während er unterwegs ist und daher ist sie bei uns. Wer weiß, wo sie als nächstes hin muss. Insofern tut sie mir auch leid. Reisen ist zwar toll, aber jedes Jahr woanders wohnen, laufend die Schule wechseln und dann die Sprache nicht können ... puh."

„Ja, stimmt, das ist nicht so toll. Komm, lass uns schnell wieder zurückgehen, die eine Stunde Englisch bei Miss Moony bringen wir auch noch hinter uns!"

Rosalia war blass geworden, als sie das Gespräch gehört hatte. Sie wussten es! Sie kannten ihre Fähigkeiten und ihre Vorahnungen. Oder zumindest das, was sie angeblich darüber gehört hatten. Rosalia hatte keine Ahnung, welches Mädchen die Freundin der Freundin der Cousine der Freundin (oder so ähnlich) war, das mit ihr auf die Schule gegangen sein soll. An ihrer letzten Schule hatte es 650 Schüler gegeben!

Und der Teil mit den Klamotten – naja, den hatte sie ja schon gekannt. Sie kleidete sich anders, aber sie liebte diese Röcke. Sie waren bunt und fröhlich und verdeckten am besten ihre pummeligen Problemzonen. Wenn sie sich in eine so enge Skinny Jeans pressen würde, wie Chiara sie trug, würde sie wohl aussehen wie eine Presswurst.

Beim Gedanken daran musste sie grinsen. Ein schöner Vergleich. Und was ihre Hautfarbe betraf: tatsächlich war Oma eine halbe Brasilianerin gewesen. Uroma Beatriz stammte aus Brasilien und Uropa George aus Amerika. Daher kam ihre gesunde Bräune, für die andere sich stundenlang in die pralle Sonne oder ins Solarium legen mussten. Dass das ein Problem war, hätte sie sich nie träumen lassen - aber sie erlebte es ständig.

Und warum Kartenlegen so eine Panik auslöste, obwohl es sogar Hotlines gab, bei denen man Wahrsagerinnen rund um die Uhr zum eigenen Schicksal befragen konnte, war ihr auch nicht ganz klar. Hellsichtig zu sein war für so viele Menschen kein Problem. Außer für sie, schon klar ...

In Gedanken versunken ging sie rasch zurück ins Klassenzimmer und konnte sich gerade noch auf ihren Platz setzen, da stand auch schon Miss Moony, die Englischlehrerin am Pult und begrüßte die Mädchen auf Englisch.

Reihum wurden alle nach ihrem Urlaub zwischen den beiden Schuljahren befragt und als Rosalia angesprochen wurde, spürte sie die neugierigen Blicke auf sich ... Nun, sie war bei Oma Maria zweisprachig aufgewachsen und konnte flüssig und akzentfrei die Frage der Lehrerin beantworten.

Miss Moony war begeistert und als sie fragte, woher Rosalias Sprachkenntnisse stammten, konnte sie auch dazu etwas zu ihrer Abstammung erklären.

Wie passend! dachte sie bei sich. *Nun kann ich gleich noch loswerden, dass ich keine Zigeunerin bin, sondern anteilig Brasilianerin und Amerikanerin. Naja, mit geringen Anteilen zwar, aber immerhin. Und damit dürfte ein Teil der Gerüchte ja schon ausgeräumt sein, bevor die beiden Tussis ihre Vermutungen noch vor der gesamten Klasse breittreten.*

Als der Gong ertönte, war Rosalia ganz zufrieden mit sich. Sie hatte sich tapfer geschlagen und die Mädchen hatten auch keinen Grund zu kichern gehabt, da Rosalia immer wieder mit ihrem Wissen und ihren Sprachkenntnissen punkten konnte. Stattdessen schwang die Stimmung um und die Mädchen waren neidisch und eifersüchtig. Ob das jetzt besser war als vorher?

Seufzend packte Rosalia ihr Exemplar von „The Canterville Ghost" von Oscar Wilde in ihre Tasche und beobachtete dann unauffällig, was die anderen Mädchen machten. Durfte man jetzt zurück aufs Zimmer gehen? Hausaufgaben hatte es zwar gegeben, aber die bestanden nur darin, das Buch bis Seite 30 zu lesen, um in der nächsten Stunde Fragen dazu beantworten zu können. Und da sie das Buch schon mehrfach gelesen hatte, gab es für sie nicht viel zu tun.

Sie bemerkte, dass Mia ein paarmal zu ihr herübersah, so, als würde sie sich vielleicht unterhalten wollen. Schließlich kam sie auch tatsächlich zu ihr und stellte sich vor ihren Tisch, mit dem Rücken zu Isabel und Beatrice, die noch an ihren Tischen herumtrödelten und immer wieder zu Rosalia schielten. Vielleicht wollten sie noch etwas herausfinden?

Als Mia sich schließlich räusperte, wurden die beiden anderen ruhig und schauten ganz offen und neugierig auf die beiden Mitschülerinnen.

„Du kannst echt gut Englisch", fing Mia an. *„Ich frage mich, ob du mir wohl helfen könntest bei einem Buch, das ich gerade lese – es ist nicht für die Schule, aber die Wörter darin sind so schwierig und ..."* Mia suchte nach den richtigen Worten, sie war ein wenig nervös.

Rosalia lächelte. Sie hatte spontan ein Bild vor Augen, wie Mia mit dem Buch „Shining" von Stephen King auf ihrem Schlafsofa saß und sich einige schwierige Wörter und Sätze unterstrich.

„Natürlich, ich helfe dir gerne. Ich liebe Stephen King Bücher, wenn auch der Film nicht so optimal ist."

Mia fiel die Kinnlade herunter und sie riss die Augen auf. Rosalia bemerkte ihren Fehler zu spät. Auch die beiden spionierenden Mitschülerinnen schnappten überrascht nach Luft.

„Siehst du!" zischelte Isabel Beatrice zu. *„Ich hab dir doch gesagt, dass sie eine Hexe ist."*

„Woher weißt du denn, was ich gerade lese? Ich habe doch gar nichts gesagt. Oder warst du etwa heimlich in meinem Zimmer?", fragte Mia.

Dabei wussten alle, dass das nicht möglich war, denn Rosalia war gerade erst angekommen und hatte kaum Zeit gehabt, sich für den Unterricht vorzubereiten. Außerdem kannte sie Mias Zimmernummer gar nicht und wäre ohne Schlüssel auch nicht hineingekommen. Eine absurde Vorstellung also.

„Oh, ich, also ich habe manchmal einfach so ein Gefühl oder eine Art Vorahnung und ich habe dich vor meinem inneren Auge gesehen, wie du mit dem Buch auf dem Sofa sitzt

und schwierige Wörter unterstreichst. Es tut mir leid, wenn ich dich damit schockiert habe. Ich bin das schon gewohnt, dass andere Menschen mich für seltsam halten, dabei kann ich doch nichts dafür, dass ich diese Gabe besitze. Es ist ok, wenn du deshalb nichts mit mir zu tun haben willst."

Rosalia packte schnell ihre Tasche und wollte aus dem Zimmer eilen. Doch Mia hielt sie schnell am Arm fest.

„Nein, nein, das finde ich total spannend. Du bist wie der kleine Sohn vom Hausmeister in Stephen Kings Roman. Der, der die Geister sehen kann, oder?"

„Nein, tut mir leid, ich sehe keine Geister, zumindest bisher nicht – und dafür bin ich auch dankbar. Aber ich kann dir aus der Hand lesen oder dir die Karten legen und ab und zu habe ich eine Vorahnung oder eine Vision von etwas. Ich kann das aber nicht steuern und auch nicht beeinflussen. Es kommt einfach ab und zu."

„Das finde ich wirklich mega spannend. Wollen wir in mein Zimmer gehen und uns bis zum Abendessen unterhalten?"

„Nun, ja, gerne. Du kannst mir dann vielleicht auch erklären, wie das nachher mit dem Essen abläuft. Ich fühle mich hier noch total fremd und wäre echt froh, wenn mir jemand meine vielen Fragen beantworten würde."

„Natürlich, das mache ich gerne. Los, komm mit. Ich bin übrigens in Zimmer 1.13 und du? ..."

Fröhlich plappernd zog Mia ihre neue Freundin hinter sich her und löcherte Rosalia mit Fragen. Isabel und Beatrice blieben verblüfft im Klassenzimmer zurück.

5

Rosalia war froh, dass sie jetzt eine Bezugsperson hatte, die sie über viele Dinge hier im Internat ausfragen konnte. So fühlte sie sich sicherer und würde sich vermutlich weniger blamieren.

Die zwei Stunden bis zum Abendessen vergingen wie im Fluge und Mia wollte alles von Rosalia wissen, was mit den fantastischen Fähigkeiten zu tun hatte.

Schließlich las Rosalia Mia sogar aus der Hand und erklärte ihr genau, was sie dort sehen konnte und wie die einzelnen Handlinien hießen.

„Wow, woher weißt du denn das alles?", fragte Mia verblüfft.

„Naja, es steht eben in deiner Hand", lachte Rosalia.

Mia starrte auf ihre Handfläche, als würde sie dort plötzlich ebenfalls etwas erkennen können, aber das war nicht der Fall.

„Das ist wirklich beeindruckend! Wenn die anderen das erfahren, werden sie dich alle bitten, ihnen aus der Hand zu lesen, wetten?"

„Naja, darauf lege ich eigentlich keinen großen Wert. In meiner alten Schule wurde ich dafür regelmäßig verspottet. Und für mein Aussehen. Meine Klamotten gefallen eben nicht jedem."

„Ach, mach dir nichts draus. Die meisten hier sind ganz ok, aber sie orientieren sich alle an Chiara, sie ist die Tochter eines Politikers hier aus der Gegend und bildet sich was darauf

ein. Dabei ist sie nicht unbedingt die hellste Birne in der Girlande, wenn du weißt, was ich meine."

Rosalia kicherte, dann wurde sie wieder ernst.

„Wie läuft das eigentlich hier alles so ab? Ich meine, ich habe mein Zimmer und mein Bad und muss laut Stundenplan in die Klassenzimmer, aber was ist hier sonst so? Wie funktioniert das mit dem Essen? Und was machen wir in der Freizeit? Können wir auch in die Stadt gehen? Und sind am Wochenende alle bei ihren Eltern oder bleiben alle hier ... Erzähl mal!"

„Naja, hier ist ja alles sehr exklusiv, daher sind die Regeln und Angebote auch anders als in anderen Internaten. Du musst morgens zwischen 6.30 Uhr und 7.30 Uhr frühstücken und Punkt 8 beginnt die erste Unterrichtsstunde. Den Stundenplan hast du ja bekommen.

Um 12.30 Uhr ist Mittagessen in der Kantine angesagt – da gibt es immer jeweils ein vegetarisches Gericht und eins mit Fleisch - und um 13.30 Uhr geht es gleich weiter mit dem Unterricht. Danach erledigst du deine Hausaufgaben und um 18.30 Uhr gibt es Abendessen. Heute war alles ein wenig verschoben, weil der erste Tag war, aber ab morgen gibt es hier ein straffes Programm.

Freitags haben wir Sport. Es wird aber vorher bekanntgegeben, ob wir draußen laufen oder joggen, oder in der Sporthalle Gerätetraining haben oder Handball und Volleyball spielen. Außerdem gibt es auch eine Schwimmhalle und wir haben einen Raum für Ballett, Jazzgymnastik oder Zumba.

Da wir nicht 8 Stunden nur eine Sportart machen können, werden mindestens zwei davon kombiniert und du hast mor-

gens eine Doppelstunde und mittags eine Doppelstunde. Und damit dir nicht langweilig wird, kommt als Pausenfüller ein freiwilliges Zusatzfach dazwischen. Du kannst beispielsweise eine weitere Fremdsprache wählen, ein Musikinstrument lernen oder einen Hauswirtschaftskurs besuchen. Eine Auswahlliste hängt im Klassenzimmer am Schwarzen Brett.

Samstags darfst du in die Stadt zum Einkaufen oder Eis essen und sonntags darfst du auch nachmittags raus, beispielsweise ins Kino. Zapfenstreich ist um 18 Uhr, dann musst du dich wieder hier melden. Außerdem ist es nur erlaubt, in Gruppen loszugehen, niemals alleine. Wenn es nicht anders geht, dann wenigstens zu zweit, aber typischerweise sollten es drei oder vier Mädchen sein.

Wenn du was Besonderes machen willst, Museum oder so, dann kannst du auch einen Antrag stellen, dass alle mitgehen können, dann gibt es nämlich Gruppenrabatt ...“

„Oh, wow, mir dröhnt schon der Kopf“, unterbrach Rosalia gespielt theatralisch ihre neue Freundin. *„Und wann habe ich dann Zeit, in aller Ruhe ein Buch zu lesen? Oder mal fernzusehen?“*

„Nun, du musst natürlich am Wochenende nicht raus, du kannst im Zimmer bleiben und lesen, das ist kein Problem. Es sind auch nicht alle Mädchen aus unserer Klasse übers Wochenende hier, meist nur die vier Zicken und ich.

Fernsehen ist auch kein Problem. Wir haben ein Fernsehzimmer und viele haben einen Laptop dabei, über den sie sich jederzeit Filme streamen können. Außerdem gibt es hier eine ziemlich große Bibliothek.

Und in der Kantine steht außerdem ein Automat mit Snacks für den kleinen Hunger zwischendurch!"

„Aber jetzt komm schnell, sonst kommen wir zu spät in die Kantine. Heute ist ja die Essensausgabe schon um 17.30 Uhr."

Rosalia nickte und packte schnell ihre Tasche. Sie war gespannt, ob ihr das Essen schmecken und wie die Stimmung sein würde.

Schon vor der Kantine schlug ihnen Gelächter und Stimmengewirr entgegen. Die Mädchen waren fröhlich und ausgelassen und die meisten saßen schon am Tisch und hatten ihr Essen vor sich stehen.

Rosalia und Mia reihten sich in die kurze Schlange vor der Essensausgabe ein und wählten den bunten Salatteller und eine Spargelcremesuppe vorneweg.

Auf der Suche nach einem Sitzplatz fiel ihnen auf, dass die anderen Mädchen aus der Klasse gemeinsam an dem großen Tisch saßen und sie still und neugierig anstarrten, während sie mit ihren Tabletts zwischen den Tischen hindurchbalancierten.

Rosalias Instinkt signalisierte ihr, dass etwas nicht stimmte. Und so war es auch.

„Setzt euch ruhig zu uns, dann kann Rosalia uns vielleicht allen von ihren Visionen berichten – oder uns aus der Hand lesen!", spottete Chiara und winkte Mia und Rosalia an den Tisch.

Rosalia blieb stocksteif stehen und ihr Tablett geriet in Schräglage. Sie konnte es gerade noch zurecht rücken, sonst hätte sie die Suppe über sich geschüttet.

„Oh, hoppla, da hättest du ja beinahe deinen bunten Putz-lappen, den du da trägst, eingesaut. *Aber das wäre vielleicht die Chance für dich, dir mal was Richtiges anzuziehen, oder?",* lästerte Hannah.

Die anderen starrten Hannah an. So offen hätte sich kei-ne von ihnen getraut, zu lästern. Das war sogar für Hannah richtig gemein gewesen.

Rosalia war schockiert und spürte, wie sich ihre Augen mit Tränen füllten. Doch sie durfte jetzt nicht klein beige-ben, sonst würde das das ganze Jahr so laufen. Eine spontane Vision kam ihr zu Hilfe.

„Wenigstens hätte ich mich nur mit Suppe eingesaut. Das ist hygienischer als wenn ich - wie du – mit 8 Jahren noch in die Hose gemacht hätte, oder?", gab sie ruhig zurück und ging dann am Tisch vorbei und steuerte einen freien Platz an einem anderen Tisch an.

Hannah wurde feuerrot im Gesicht und bekam einen Wutanfall. Was sie alles vor sich hin schimpfte, bekam Rosa-lia gar nicht mehr mit und außerdem erschien auch umge-hend eine Aufsichtsperson, die Hannah maßregelte und ihr für die Lästerei und den Lärm eine Strafarbeit aufbrummte.

Mia war Rosalia verblüfft hinterhergerannt und hatte sich schnell an denselben Tisch gesetzt.

„Echt jetzt? Ehrlich? Hannah hat sich mit 8 Jahren noch in die Hose gemacht?"

Rosalia nickte. Auf den ersten Blick klang so etwas lustig, aber es war auch gemein und sicherlich keine Heldentat ge-wesen, so etwas auszuplaudern. Sie musste sich unbedingt künftig besser im Griff haben. Auf diese Art und Weise würde sie die Mädchen nur noch weiter gegen sich aufstacheln.

6

Rosalia war froh, als sie nach dem Essen endlich ganz allein in ihrem Zimmer saß und ihre Gedanken sortieren konnte. Morgen würde ein harter Tag werden, nach dem, was sich gerade beim Essen abgespielt hatte. Aber das war sie ja bereits gewohnt.

Ab jetzt würde es wieder genauso laufen wie in ihrer alten Schule. Nur hatte sie auf dem Internat zumindest Mia. Aber würde die sich auch auf ihre Seite stellen oder lieber der Mehrheit folgen? Schließlich kannten sie sich erst einen Tag ... Leider stellte sich zu dieser Frage keine Vision ein und Rosalia versuchte, den Gedanken an diese Probleme zu verdrängen.

Stattdessen holten sie ihren Laptop aus dem Koffer und stellte ihn auf den Schreibtisch. Die Idee mit den Filmen war gar nicht so schlecht gewesen.

Schnell loggte sie sich auf ihrer bevorzugten Streamingseite ein und schaute sich eine Folge der Serie „Upload" an, um auf andere Gedanken zu kommen. Vermutlich würde das von nun an ihre Hauptbeschäftigung sein – neben dem Lesen und Lernen. Sie würde sich am besten morgen mal in der Bibliothek umschauen und mit dem Ausleihsystem vertraut machen.

Viele Bücher konnte man in Schulbibliotheken nicht mitnehmen, sondern nur stundenweise ausleihen, wenn man direkt in der Bibliothek seine Hausaufgaben erledigte und dazu etwas im betreffenden Buch nachschlagen wollte.

Das wusste Rosalia, da es so eine Bücherei sogar an ihrer alten Schule gegeben hatte.

Und wenn es dort keine guten Bücher gab, dann würde sie am Wochenende einfach welche in der Stadt kaufen. Zum Glück hatte Rosalias Vater ihr extra eine Kreditkarte gegeben, mit der sie sich das Schuljahr über notwendige Dinge kaufen konnte. Vielleicht sogar eine Jeans, damit sie nicht mit ihrem „Putzlappen" weiterhin aneckte?

Aber nein, das würde auch nicht helfen, das größere Problem war jetzt mit Sicherheit ihre Gabe, die sie so unvorsichtig eingesetzt und damit ein Mädchen blamiert hatte. Hannah würde ihr das sicher nicht verzeihen und sich garantiert dafür rächen, oder?

Obwohl in ihrem Kopf alle möglichen Gedanken und Befürchtungen umherwirbelten, versuchte Rosalia schließlich doch, zu Bett zu gehen. Und, genau wie erwartet, stand ihr eine unruhige Nacht mit seltsamen Träumen bevor.

Im Traum erschien ihr sogar ihre Großmutter, die Rosalia versprach, ihr zu helfen.

„Du wirst die anderen davon überzeugen können, dass deine Gabe gut und hilfreich ist. Aber du musst dich ihrer auch würdig erweisen und darfst sie nicht dazu benutzen, fremde Geheimnisse auszuplaudern! Setze sie weise ein. Warne die anderen vor möglichen Gefahren und nutze die Visionen, um Gutes zu tun. Dann kommt auch der Zeitpunkt, an dem du sie absichtlich und auf Wunsch erhalten kannst!"

Rosalia war verwirrt, als sie um 6 Uhr erwachte. Sie musste sich zunächst orientieren, wo sie überhaupt war. Und dann überlegte sie, ob ihre Großmutter ihr tatsächlich eine Botschaft übermittelt hatte, oder ob sie sich Oma Maria nur im Traum herbeigewünscht hatte. Schwer zu sagen. Doch es würde sich ja bald zeigen, ob sie bald absichtlich Visionen erzeugen konnte. Und dass sie sich zusammenreißen musste, um keine weiteren Peinlichkeiten auszuplaudern, wäre ihr auch so klargewesen, ohne den Traum.

Sie warf einen Blick auf den heutigen Stundenplan. Deutsch, Englisch, Mathe und Chemie. Nachmittags Physik, Französisch, Erdkunde und Musik. Ein straffes Programm. Aber als gute Schülerin hatte sie vor keinem dieser Fächer Angst.

Unangenehm war nur Sport. Sie hatte die Koordination eines betrunkenen (und bekanntermaßen blinden) Maulwurfs und weder Kraft, um sich am Seil hochzuhangeln oder an der Stange zu turnen, noch die Ausdauer, um beim 400-Meter-Lauf zu punkten. Und ob sie sich beim Schwimmen und Ballett gut machen würde, wagte sie zu bezweifeln. Aber noch war es ja nicht Freitag.

Schnell packte sie alle notwendigen Bücher in ihre Tasche und verschwand dann im Bad. Sie wollte möglichst rasch frühstücken und dann wieder aus der Kantine verschwinden – vermutlich wusste schon die ganze Schule über ihre Fähigkeiten Bescheid!

Gegen 6:45 Uhr betrat sie vorsichtig die Kantine. Sie hatte keine Ahnung, was sie erwartete, doch es waren noch nicht viele Schülerinnen hier. Rosalia atmete erleichtert auf. Leider konnte sie Mia nirgends sehen, also musste sie alleine zurechtkommen. Sie wählte sich am Buffet ein Porridge mit Heidelbeeren, ein Glas Schokomilch und eine Banane.

Dafür erntete sie vom Küchenpersonal skeptische Blicke. Normalerweise griffen die Mädchen zu frischen Brötchen mit Marmelade oder Wurst und Käse und Haferflocken oder einem Frühstücksei. Aber jeder durfte selbstverständlich auswählen, was er wollte.

Rosalia suchte sich einen Tisch in der hintersten Ecke der Kantine, wo sie weit ab von allen saß. So konnte sie in Ruhe beobachten, wer hereinkam und wer sie anstarrte. Als sie fast zu Ende gegessen hatte, kam auch Mia rein. Sie schaufelte sich hektisch Brötchen und Marmelade und eine große Portion Obst sowie eine Tasse Tee auf das Tablett und bahnte sich den Weg zu Rosalia.

„Ich konnte heute Nacht kaum schlafen wegen dir!", platzte sie heraus.

„Guten Morgen", grinste Rosalia. *„Ich übrigens auch nicht."*

„Ach so, ja, entschuldige. Guten Morgen. Das war gestern wirklich aufregend."

„Ich habe die anderen noch gar nicht gesehen, frühstücken die gar nicht?"

„Doch, die kommen aber immer erst auf den letzten Drücker, weil sie nachts noch mit Jungs aus der Stadt chatten. Und weil sie heimlich hinter dem Haus rauchen."

„Igitt", verzog Rosalia angewidert das Gesicht.

„Igitt zu Jungs oder zum Rauchen?", kicherte Mia und schaufelte sich im Eiltempo Mangostückchen in den Mund.

„Eigentlich meinte ich das Rauchen, aber manchmal trifft das „Igitt" auch auf Jungs zu", lachte Rosalia. Dann wurde sie wieder ernst.

„Weißt du, Mädchen sind ja schon gemein zu mir, aber Jungs sind noch viel fieser. Daher ..."

„Ja, schon klar, die haben erst recht Angst vor dir. Durch deine Visionen bist du ihnen klar überlegen, das mögen die nicht!"

Ein großer Bissen Brötchen mit Marmelade verschwand geräuschvoll in Mias Mund. Trotzdem plapperte Mia fleißig weiter.

„Aber da hast du hier ja nichts zu befürchten, denn hier gibt es keine Jungs und ich nehme an, dass du auch nicht gleich am Wochenende in der Stadt welche aufreißen willst, oder?"

Rosalia schüttelte den Kopf.

„Bestimmt nicht. Ich werde das erste Wochenende sicher damit verbringen, mich erst mal von dieser Woche zu erholen. Bist du eigentlich auch jedes Wochenende hier? Vielleicht könnten wir dann ja mal was zusammen machen?"

„Ja, ich bin auch hier. Du meinst, wir sollten gemeinsam lesen und uns anschweigen oder so?", grinste Mia.

„Nein, aber vielleicht würde ich mich mit dir an meiner Seite trauen, das Internat zu verlassen und in die Stadt zu gehen. In die Buchhandlung natürlich", lachte Rosalia.

„Na, dafür bin ich immer zu haben", bekräftigte Mia und pickte mit dem Finger die letzten Krümel vom weißen Kantinenteller.

„*Sollen wir schon ins Klassenzimmer gehen? Meine Ta-sche hab ich vorsorglich dabei. Ich dachte, falls ich vor jeman-dem flüchten muss ...*"

„*Ach, ich glaube, darüber musst du dir keine Sorgen ma-chen. Die Mädels haben gestern noch eifrig miteinander getu-schelt. Die werden dich nicht mehr offen provozieren, weil sie viel zu viel Angst davor haben, dass du eines ihrer schmutzi-gen Geheimnisse ausplaudern wirst. Dafür werden sie dich vermutlich komplett ignorieren. Die einen mehr, die anderen weniger.*"

„*Tja, damit habe ich schon gerechnet. Ich kenne das be-reits und es macht mir praktisch nichts mehr aus.*"

Mia blickte Rosalia skeptisch an.

„*Du meinst, es macht dir zwar etwas aus, aber da du es nicht ändern kannst und es außerdem gewohnt bist, ist es okay für dich?*"

„*Oder so*", sagte Rosalia knapp.

Und tatsächlich sollte Mia recht behalten. Die Mädchen musterten Rosalia zwar ab und zu, aber sie sprachen sie nicht an. Die vier Zicken aus Prinzip nicht und die restlichen Mädchen, weil sie zu schüchtern waren und nicht wussten, wie sie Rosalia einschätzen sollten.

Die Woche verlief daher direkt ab Tag zwei friedlich und Rosalia konnte sich auf den Unterricht konzentrieren, blieb vor offenen Anfeindungen in Sicherheit und verbrachte ihre Freizeit mit ihrer neuen Freundin Mia.

Einzig der Freitag war, wie befürchtet, eine Katastrophe, da sie im Sportunterricht für ihre Leistungen gehänselt wurde. Im Schwimmen war sie noch relativ gut, doch anschließend wurde in der Halle Völkerball gespielt und ihre Koordination war ohne Brille einfach schrecklich.

Als Zusatz-Unterricht hatte sie Spanisch gewählt, das war für sie wenig anstrengend, da sie sehr sprachbegabt war und fast schon eine Erholung.

Eine Menge Anspannung und Unruhe fielen von ihr ab, als sie am Freitag endlich den letzten Gong für diese Woche hörte. Beim Abendessen mit Mia (es gab Spagetti Bolognese) war sie regelrecht fröhlich und besprach mit ihr den geplanten Ausflug in die Stadt am nächsten Morgen.

Auch hier gab es eine Überraschung: Da das Internat so abgelegen war und man sich um die Sicherheit der Kinder sorgte, gab es eine Bushaltestelle direkt an der Zufahrtstraße zur Schule. Hier konnten die Kinder am Wochenende bereits morgens um 9 Uhr einsteigen oder nachmittags um 14 Uhr. Und um 12 Uhr und 18 Uhr hielt der Bus auf dem Rückweg wieder an derselben Stelle.

Selbstverständlich führte auch der reguläre Pendlerverkehr über diese Strecke, aber es gab nur selten einen Grund dafür, dass die Kinder, die alle eine Monatskarte besaßen, auch unter der Woche den Bus nutzen mussten. Beispielsweise für einen Arzttermin.

Dieser Wochenend-Fahrplan war mit der Stadt extra so besprochen worden und war eine große Erleichterung, auch für die Kinder. Denn der Weg in die Stadt hinein und zurück war bei schlechtem Wetter wirklich extrem ungemütlich.

So konnten sie problemlos bis zur Haltestelle am Marktplatz mitfahren, um den alle wichtigen Geschäfte platziert waren. Inklusive des beliebten Eiscafés „Ice Cream Dream", in dem es nicht nur Eis, sondern auch leckere Torten oder kleine Pizzastücke oder belegte Brötchen gab.

Auch der Supermarkt beziehungsweise das Einkaufszentrum, das zu Fuß von dort aus gut erreichbar war, konnte sich für diese relativ kleine Stadt durchaus sehen lassen. Hinter dem Haupteingang zweigten mehrere Geschäfte innerhalb des Gebäudes ab.

Es gab dort neben dem integrierten Supermarkt auch eine Apotheke, einen Friseur, ein Spielwarengeschäft, ein Nagelstudio, einen Zeitschriftenkiosk, eine Drogerie, ein Schmuckgeschäft, eine Parfümerie, zwei Kleidergeschäfte, ein Schuhgeschäft und einen Baumarkt (der für die Schülerinnen natürlich weniger interessant war).

Dazwischen befanden sich kleine Stehimbisse, an denen man chinesisches Essen, Fischbrötchen oder Crêpes kaufen konnte. Außerdem war zentral ein kleines Café integriert, in dem die Preise allerdings teurer waren als in dem gemütlichen Eiscafé „Ice Cream Dream", welches sogar extra Speisen für Schüler und Studenten (zu gemäßigten Preisen) im Angebot hatte.

Die Buchhandlung, die Rosalia für ihren Besuch ins Auge gefasst hatte, lag ebenfalls am Marktplatz, aber nicht innerhalb des Einkaufszentrums. Und praktisch direkt daneben, gleich neben einem Elektrofachgeschäft, befand sich ein kleines Museum. Es gab sogar ein Blumengeschäft dort und eine Zoohandlung. Rosalia liebte Tiere. Aber sie hatte natürlich keine Möglichkeit, sich eines anzuschaffen und im Internat zu halten. Das war verboten.

Mia, die sich hier bereits auskannte, berichtete Rosalia beim Abendessen davon, was es hier alles zu sehen gab und Rosalia fielen beinahe die Augen aus dem Kopf. Auf der Anfahrt hatte sie wegen des starken Regens kaum etwas sehen können, ihr war nur die Buchhandlung aufgefallen. Aber sicherlich gab es beim Bummeln in den anderen Geschäften auch vieles zu entdecken.

Bestimmt wäre das keine Freizeitbeschäftigung für jedes Wochenende, sonst würde es auch seinen Reiz verlieren. Aber in der ersten Zeit wäre es sicherlich spannend, die Geschäfte zu erkunden und vor allem die Buchhandlung ganz genau unter die Lupe zu nehmen.

Wie schön, wenn noch eine Leseratte dabei war! Denn Menschen, die mit Büchern nichts anfangen können, gefällt es in einer Buchhandlung überhaupt nicht und sie fühlen sich unwohl. Bei Mia war das nicht zu befürchten. Herrlich. Vielleicht würde das Jahr ja doch nicht so schlecht werden, wie sie befürchtet hatte?

Sie verabredeten sich für Samstagmorgen um 7 Uhr zum Frühstück, um dann gleich mit dem ersten Bus in die Stadt fahren zu können. Und in dieser Nacht konnte Rosalia das erste Mal in der ganzen Wochen ruhig schlafen.

7

„Ich bin total aufgeregt", freute sich Rosalia, als sie pünktlich um 9 Uhr an der Bushaltestelle auf den Bus in Richtung Stadtmitte wartete.

„Na, das ist doch nicht deine erste Busfahrt oder dein erster Einkauf, oder?", neckte sie Mia.

„Nein, natürlich nicht, aber ich freue mich so darauf, mal etwas anderes zu sehen. Und auf die Bücher natürlich. Ich hoffe, die Auswahl ist groß genug für mich."

„Du kannst ja notfalls etwas bestellen und nächstes Wochenende abholen", beruhigte Mia die übereifrige Freundin.

„Ja, du hast recht. Ach schau, da kommt der Bus ja schon."

Sie stiegen ein und zeigten ihre spezielle Monatsfahrkarte und der Fahrer nickte ihnen freundlich zu. Rosalia freute sich, dass er keine Zeit gehabt hatte, ihr Outfit skeptisch zu begutachten. Aber vermutlich hatte der Fahrer schon Schlimmeres gesehen. Oder er war mit den Gedanken woanders. Oder aber es war ihm einfach egal.

Auf der Fahrt in die Stadt hatte Rosalia zum ersten Mal Gelegenheit, die Landschaft zu bewundern. Die Stadt hatte nur ungefähr 13.000 Einwohner, was im Vergleich zu ihrem Wohnort mit nur 3.000 Einwohnern riesig war. Aber sie hatte in der 15 Minuten entfernten Kreisstadt die Schule besuchen müssen und die hatte 50.000 Einwohner gehabt.

Sie mochte kleine Städte viel lieber als große Städte wie beispielsweise Berlin oder München, weil sie übersichtlicher waren und weil es friedlicher zuging als in den Metropolen, in denen Überfälle oder Vergewaltigungen und auch Drogenhandel praktisch zum Alltag gehörten.

Zu Fuß wäre die Strecke nur bei gutem Wetter angenehm gewesen und hätte über eine schmale Straße (einen breiteren Feldweg, wenn man es genau nahm) geführt, vorbei an einer Baumallee und grünen Wiesen sowie Feldern, auf denen gerade ein Bauer mit einem Traktor unterwegs war.

Bei schlechtem Wetter, wo man nicht die Hand vor Augen sehen konnte und der mangelnden Straßenbeleuchtung wäre es kein Spaß gewesen, durch Dreck und Matsch zu gehen und sich womöglich selbst noch mit dem Handy den Weg beleuchten zu müssen.

Aber das würde ihr ohnehin nicht passieren. Sie würde auf jeden Fall darauf achten, einen der beiden Busse zurück zu erwischen. Und zur Not war ja auch Mia noch dabei. Von den Zicken war nichts zu sehen, die schliefen wohl noch oder nahmen den 14-Uhr-Bus.

„Wollen wir zuerst durch das Einkaufszentrum bummeln oder gleich in die Buchhandlung gehen?", fragte Mia, als sie aus dem Bus ausstiegen.

„Also ich würde heute am liebsten alles erkunden, ich denke, wir nutzen heute wohl die gesamte Zeit aus, die wir haben und fahren erst auf den letzten Drücker zurück. Vielleicht können wir sogar noch das Eiscafé besuchen und uns mit unnötigen Kalorien vollstopfen?"

„Gute Idee, so ein Bummel ist ja auch anstrengend", bekräftigte Mia.

„Ja, und so ein Bücherkauf erst!", grinste Rosalia.

„Na dann. Auf ins Gefecht. Beginnen wir mit Mission Ein-
kaufszentrum!", erklärte Mia und ging zielstrebig voraus.

Fröhlich und übermütig schlenderten sie durch das Einkaufszentrum und begutachteten alles, sie bestaunten sogar
die Plakate beim Friseur, auf dem eine langhaarige Frau mit
lila Haaren abgebildet war. Nun, nicht ganz lila. „Aubergine"
stand darunter.

„Oh, wow, das würde dir gut stehen!", bemerkte Mia und
tatsächlich überlegte Rosalia für eine Sekunde, ob so eine
Farbe ihr nicht einen gewissen Pepp verleihen würde, mit
der sie sich besser fühlte. Aber eine auffällige Farbe könnte
auch wieder neuen Spott hervorrufen und außerdem war sie
nicht mutig genug für so eine Aktion.

„Ich überlege es mir", sagte sie unbestimmt und zog Mia ins nächste Geschäft, um sich ein paar T-Shirts anzuschauen.

Da es Rosalias allererster Besuch im Einkaufszentrum war, nahm sie jedes Geschäft ganz genau in Augenschein, obwohl sie nicht die Absicht hatte, etwas zu kaufen. Aber so konnte sie viele neue Dinge sehen und sich gleichzeitig ein Bild davon machen, was sie hier bei Bedarf alles kaufen könnte.

Zuletzt schlenderten sie noch durch den Supermarkt und kauften sich Chips und Cola, die praktisch unerlässlich waren, wenn sie abends in ihren Zimmer die noch zu kaufenden Bücher lesen würden.

Dann endlich war es Zeit für die Buchhandlung, Rosalia konnte es kaum erwarten. Buchhandlungen zu betreten war für sie fast so wie für andere ein Kirchbesuch. Andächtig stand sie vor den Regalen und sog den typischen Geruch neuer Bücher ein. Und es gab sogar ein Regal mit esoterischen Werken und östlicher Spiritualität, vor dem kleine Buddha-Statuen und Räucherstäbchen im Angebot standen.

„Oh, Räucherstäbchen!", freute sich Rosalia.

„Das kannst du voll vergessen", bremste Mia die Freundin aus. „Die anzuzünden ist genauso verboten wie wenn du im Zimmer rauchen würdest."

„Ja, ich weiß, aber vielleicht kaufe ich mir trotzdem ein Päckchen und schnuppere einfach ab und zu daran", grinste Rosalia.

„Nun, das fällt bestimmt irgendwie in eine Grauzone, das sollte gehen", lachte Mia und Rosalia griff nach einem Päckchen mit der Aufschrift „Sandelholz".

„Die sind gut, riech mal", drängte sie ihre Freundin und brav schnupperte Mia daran.

„Ja, nicht schlecht, aber ich kann mich nicht so sehr für Räucherstäbchen begeistern. Lass uns weiterschauen."

„Oh, hier gibt es auch einen Stadtplan und auf der Rückseite die nähere Umgebung. Vielleicht dürfen wir ja mal eine Wanderung machen. Ich glaube, den Plan nehme ich auch mit. Oh, und schau mal hier! Tarotkarten und Pendel, das ist ja fantastisch ..."

Mia konnte gar nicht schnell genug hinter Rosalia herrennen. Es war, als würde man versuchen, einen aufgeregten Hundewelpen in Schach zu halten und wieder unter Kontrolle zu bekommen.

„He, mach mal langsam, du kaufst ja den ganzen Laden leer", lachte Mia laut auf und versuchte, die Freundin zu bremsen.

„Tut mir leid, hier sind so viele wichtige Dinge, die ich brauche ..."

„Ich sehe es", bemerkte Mia trocken und deutete mit einem Kopfnicken auf den großen Stapel, den Rosalia bereits in der Hand hielt.

„Damit kannst du ja nicht einmal mehr in einem Buch blättern."

Wie auf Kommando stürmte die Buchhändlerin hinter der Ladentheke hervor und reichte Rosalia einen kleinen roten Einkaufskorb.

„Darf ich dir vielleicht den Korb anbieten?", fragte sie freundlich. *„Es sieht aus, als würde das ein größerer Einkauf werden."*

Rosalia lachte und nahm den Korb dankbar an. Dann füllte sie die ersten Schätze gleich hinein und machte sich auf den Weg zum nächsten Regal. Fantasy-Thriller. Genau. Das war doch ein Anfang.

Mia rannte ihr kopfschüttelnd hinterher.

„Also ich glaube, wir sollten uns hier kurzfristig trennen und den Laden auf eigene Faust erkunden. Aber bitte geh nicht ohne mich. Ich will unbedingt bei den Hörbüchern vorbeischauen und bei den historischen Romanen."

„Ja, klar, kein Problem. Warte mal, es ist jetzt 14 Uhr, bis ich alles angeschaut habe, brauche ich sicher eine Stunde, eher länger. Lass uns doch einfach um 15.30 Uhr wieder bei den Räucherstäbchen treffen und dann schauen wir, wie weit wir sind. Anschließend können wir ins Eiscafé gehen und uns gegenseitig unsere Bücher vorführen!"

„Gute Idee, so machen wir es!"

Für richtige Leseratten und Bücherwürmer vergeht die Zeit in einer Buchhandlung wie im Fluge. Und so war es auch hier. Als hätte jemand die Uhr vorgestellt, war es plötzlich 15.30 Uhr und die beiden Mädchen trafen sich wieder mit ihren neuen Errungenschaften bei den Buddha-Statuen und Räucherstäbchen.

„Bist du fündig geworden?", kicherte Mia und angesichts des randvollen Korbes, den Rosalia schleppte, war die Antwort offensichtlich.

„Nur das Notwendigste", gab Rosalia gespielt dramatisch zurück, prustete dann jedoch los.

„Nein, ich hab ganz tolle Sachen gefunden und sogar ein ganz schönes neues Tarot-Deck, mit Engeln drauf. Wenn du willst, kann ich dir damit mal die Karten legen."

„Klar, warum nicht", gab Mia zurück und ging voraus zur Kasse.

Die Besitzerin freute sich.

„Es ist schön, wenn junge Menschen heute noch lesen und sich nicht nur im Internet rumtreiben", sagte sie.

„Ja, Bücher sind meine liebsten Freunde", erklärte Rosalia. „Wir sind Internatsschülerinnen und kommen Sie von nun an sicher öfter besuchen."

„Das ist schön, ich freue mich darauf", lächelte die Buchhändlerin zurück.

Mit jeweils einer vollen Tüte Bücher zogen die Mädchen anschließend glücklich weiter und betraten das Eiscafé „Ice Cream Dream", um sich bei einem großen Stück Kuchen zu stärken.

„Oh, nein!", stöhnte Mia, als sie sich im gut besetzten Café einen Sitzplatz suchten. Am großen Tisch in der Ecke saßen ihre vier Lieblingsmitschülerinnen und flirteten mit ein paar Jungs, die sich auf hinzugezogenen Stühlen vom Nachbartisch offenbar dazu gequetscht hatten.

Auch Rosalia hatte spontan schlechte Laune.

„Lass uns schnell an ihnen vorbeigehen, denn links von ihnen gibt es noch einen freien Zweiertisch. Schnell, bevor ihn uns jemand wegschnappt."

Im Eilschritt rannte Mia voraus und grüßte nur völlig beiläufig und unbeteiligt die vier Mitschülerinnen, um nicht als unhöflich angesehen zu werden.

Auch Rosalia sagte kurz *„Hallo"* und schob sich und ihre volle Tasche dann schnell an dem Jungen ganz außen vorbei. Dabei streifte sie ihn unsanft und er fuhr sie an:

„He, du Vogelscheuche, kannst du nicht aufpassen?"

„Tut mir leid, das war keine Absicht. Du sitzt nur irgendwie im Weg", gab Rosalia zurück.

„Lass sie", meinte Chiara besänftigend und legte dem Jungen rasch die Hand auf den Unterarm.

Bestimmt wird sie ihm gleich eine Horrorstory über mich erzählen, dachte Rosalia. Da wurde ihr plötzlich schlecht und sie hatte eine starke Vision. Eine schreckliche Vision. Sie wurde bleich und starrte Chiara ausdruckslos an.

Chiara war sonst um einen Kommentar nicht verlegen, aber irgendetwas an Rosalias Blick sagte ihr, dass etwas nicht in Ordnung war.

„Du solltest dich nicht mit ihm abgeben", erklärte Rosalia wie in Trance. *„Er wird sonst versuchen, dich zu vergewaltigen."*

In der anschließenden entsetzten Stille hätte man eine Stecknadel fallen lassen können.

„Tickst du eigentlich noch ganz richtig?", fuhr der Junge Rosalia an. *„Wer bist du denn, dass du hier solche Sprüche von dir gibst? Ist es vielleicht, weil hässliche Vögel wie du keinen abbekommen, oder was? Nun verzieh dich, bevor ich mich vergesse."*

Rosalia warf Chiara nur noch einen vielsagenden Blick zu, dann murmelte sie leise *„Tschüs"* und folgte Mia, die schon zwei Tische weiter an dem kleinen Zweiertisch Platz genommen und das Wortgefecht verfolgt hatte.

„Spinnst du?", zischte sie leise. *„Du kannst doch nicht solche Anschuldigungen vor allen Leuten raushauen. Das kann übelsten Ärger geben. Was glaubst du, was Chiara dir später erzählen wird, wenn sie wieder im Internat ist?"*

Rosalia war geknickt. Sie hatte ganz deutlich gesehen, wie der Junge versucht hatte, über Chiara herzufallen und mit ihr zu schlafen. Sie hatte sie nur warnen wollen.

„Ich habe das aber ehrlich gesehen!", beteuerte sie Mia gegenüber. *„Ich wollte sie wirklich nur warnen und ihr helfen."*

Mia sah Rosalia schockiert an.

„Ich weiß, dass du das niemals einfach erfinden würdest. Aber das ist wirklich eine schlimme Anschuldigung. Und du weißt, dass Chiara nicht auf dich hören wird. Sie kann dich einfach nicht leiden und traut dir nicht!"

„Ich weiß. Aber ich habe es immerhin versucht, oder?"

Mia nickte.

„Ja, das hast du. Und mehr kannst du nicht machen. Komm, lass uns das Thema wechseln und einen großen Erdbeerkuchen bestellen, damit wir auf andere Gedanken kommen!"

Während die beiden Freundinnen auf den Erdbeerkuchen warteten, konnten sie sehen, dass Chiara und der Junge bezahlten und das Café verließen. Die anderen blieben noch sitzen und unterhielten sich mit den Jungs. Dabei schauten sie immer wieder vorsichtig zu Rosalia hinüber.

„Oh, nein, Chiara ist mit dem seltsamen Typen tatsächlich gerade rausgegangen", entfuhr es Mia.

Rosalia drehte sich nicht einmal um.

„Ich hoffe nur, sie weiß, was sie tut", antwortete Rosalia knapp. Ihr war ganz elendig zumute.

Um die Stimmung anzuheben und auf andere Gedanken zu kommen, holte Mia ein paar Bücher aus ihrer Einkaufstüte und führte sie Rosalia vor. Sobald sie erst einmal in das Thema vertieft waren, dachten sie auch nicht mehr an Chiara.

Und sie achteten darauf, dass sie pünktlich den Bus zurück zur Schule nahmen. Auch die anderen Mädchen standen an der Bushaltestelle. Nur Chiara fehlte. Rosalia sagte nichts dazu und hielt den Kopf gesenkt. Im Bus setzten sie und Mia sich ganz nach hinten, weit weg von den anderen, die ihnen seltsame Blicke zuwarfen.

8

„Ich wüsste ja zu gerne, was mit Chiara los ist", sagte Rosalia leise zu Mia, als sie vor dem Internat an der Bushaltestelle ausstiegen.

„Ich mache mir riesige Sorgen, weil ich ganz deutlich gesehen habe, was ihr passieren wird oder bereits passiert ist. Allerdings habe ich ja meine Visionen nicht unter Kontrolle, vielleicht habe ich nicht alles gesehen oder sogar etwas Falsches.

Das können wir aber nur herausfinden, wenn wir wissen, wo Chiara steckt. Vielleicht habe ich mich wirklich getäuscht? Oder es ist ihr etwas passiert und die anderen haben uns nichts gesagt? Ist sie womöglich im Krankenhaus oder bei der Polizei oder sogar tot?"

Mia starrte Rosalia erschrocken an.

„So etwas darfst du gar nicht erst denken. Das wäre ja schrecklich! Aber du hast in deiner Vision nicht gesehen, dass sie stirbt, oder?"

Rosalia schüttelte den Kopf, nein zum Glück nicht, aber vielleicht hatte sie ja nicht alles gesehen? Mia atmete erleichtert auf.

„Dann solltest du erst mal ganz ruhig bleiben. Wenn deine Visionen bisher korrekt waren, ist vielleicht etwas passiert, aber wir wissen es nicht genau und müssen erst nachfragen. Vielleicht ist sie ja auch nur mit Jonas ins Café im Einkaufzentrum gegangen und er hat sie vielleicht schon hergefahren", gab Mia zu bedenken.

„Aber ich werde mich nachher in der Kantine mal umhören, mir erzählen die vielleicht was, weil sie bestimmt wissen *wollen, ob ICH auch etwas weiß, was DU gesagt haben könntest, als wir beide am Nebentisch saßen. Neugierig sind die anderen schließlich auch. Nicht nur wir.*

Ach ja, falls ich muss, werde ich mich zu den anderen an den Tisch setzen, um etwas herauszufinden, bitte wundere dich nicht und sei nicht sauer. Ich berichte dir dann anschließend alles. Falls du schon gegessen hast, wenn ich alle Infos habe, dann geh einfach auf dein Zimmer, ich komme dann später nach. So fällt es nicht auf."

„*Ok, so machen wir es."*

Rosalia hatte eigentlich keine Lust darauf, alleine zu essen, aber es würde verdächtig aussehen, wenn Mia sich nur kurz im Vorübergehen nach Chiara erkundigen und dann sofort zu ihr rennen würde, daher war das für sie in Ordnung.

Sie beeilten sich, in ihre Zimmer zu gehen und sich rasch vor dem Essen frisch zu machen. Zum Abendessen gab es heute Pizza Funghi für alle, denn am Wochenende standen keine zwei Gerichte zur Auswahl, da nur so wenig Mädchen im Haus waren.

Pünktlich um 18.30 Uhr betrat Rosalia die Kantine und von der auf drei Personen dezimierten Viererbande war noch nichts zu sehen. Sie nahm sich eine Flasche Mineralwasser und bat die Dame hinter der Theke um ein Stück Pizza, dann suchte sie sich einen Platz weit hinten in der Ecke, von wo aus sie einen guten Überblick hatte.

Sie hatte sich kaum hingesetzt, als Isabel, Beatrice und Hannah hereinkamen. Ohne sich zu unterhalten, stellten sie sich in die recht kurze Schlange und gingen dann schnurstracks zum nächsten freien Tisch, direkt vor der Theke. Nur Sekunden später kam auch Mia herein. Sie holte sich ebenfalls Pizza und einen Orangensaft und ging dann direkt auf die drei Mitschülerinnen zu.

„Wo habt ihr denn Chiara gelassen?", fragte sie übertrieben munter. *„Hat sie zu viel Eis und Kuchen gefuttert und verzichtet auf zusätzliche Kalorien?"*

Betretenes Schweigen war die Antwort. Und das nahm Mia zum Anlass, sich einfach zu den anderen an den Tisch zu setzen. Rosalia verfolgte alles aus sicherer Entfernung und versuchte, nur unauffällig zu dem Tisch zu schauen.

„Also wir haben bisher nichts von ihr gehört", sagte Hannah geradeheraus. *„Sie ist mit Jonas abgezogen, weil er sich so über Rosalias Spruch aufgeregt hat. Sie wollten rüber ins Einkaufzentrum und dort noch einen Kaffee trinken, ohne dass irgendwelche Vogelscheuchen ihnen die Stimmung vermiesen."*

„Aber ich habe sie gar nicht im Bus gesehen. Hat sie einen romantischen Spaziergang gemacht und sich in ihrem Zimmer verbarrikadiert?", versuchte Mia nachzuhaken.

„Nein. Sie hat sich nicht gemeldet, geht nicht an ihr Handy und wir haben sie auch im Einkaufszentrum gesucht, da ist sie nicht. Und in ihrem Zimmer auch nicht. Wenn sie nicht bald auftaucht, wird das den Lehrerinnen auffallen und dann müssen wir die ganze Geschichte breittreten", erklärte Isabel geknickt.

„Ja, und dann hätten wir vielleicht alle ein Ausgangsverbot, weil wir uns ja nicht mit Jungs treffen sollten. Das wäre für uns alle echt scheiße", ergänzte Beatrice.

„Naja, ihr seid doch nur im Café gesessen und habt nicht in dunklen Ecken rumgemacht und ihr wart auch pünktlich wieder in der Schule. Ich glaube nicht, dass das für euch Ärger geben könnte", versuchte Mia die anderen zu beruhigen.

„Hat denn Rosalia noch etwas gesagt?", fragte Hannah vorsichtig.

Mit so einer Frage hatte Mia natürlich gerechnet. Und das war ihre Chance, die neue Freundin ins richtige Licht zu rücken. Zumindest konnte sie es versuchen.

„Es war ihr total unangenehm und sie war ganz durcheinander", erklärte Mia.

„Ihr müsst das verstehen. Sie hatte es bisher nicht leicht und sie hat diese merkwürdige Gabe, mit der sie gar nicht klar kommt und die sie nicht steuern kann und wird ständig deswegen angefeindet. Oder die Leute haben Angst vor ihr. Das macht sie echt fertig. Und sie wollte Chiara nur warnen, weil sie nicht wollte, dass ihr etwas passiert. Sie hat es tatsächlich gut gemeint, aber es gab nicht viele Möglichkeiten, die Info anders zu formulieren.

Ich weiß, ihr mögt sie nicht, wegen ihren seltsamen Klamotten. Aber, hey, jede von uns hat doch einen anderen Geschmack. Und ihr gefällt es. Sie trägt solche Klamotten, um ihre überschüssigen Pfunde zu verstecken, weil sie eben nicht rank und schlank ist und sich dafür schämt.

Sie ist echt in Ordnung, das könnt ihr mir glauben. Sie ist witzig und freundlich und sie lernt auch sehr fleißig. Ansonsten liest sie unheimlich viel und sie hat auch keine Freunde. Das ist echt traurig.

Wenn ihr sie mal wieder wegen ihren Klamotten fertigma-chen wollte, dann überlegt euch bitte, ob das wirklich sein muss. Sie ist echt nett. Das würdet ihr auch rausfinden, wenn ihr euch mal einfach mit ihr unterhalten würdet.

Und wartet ab, was passiert, wenn Chiara auftaucht und falls Jonas ihr wirklich irgendwas getan hat ... Dann wäre sie doch auch froh gewesen, wenn sie auf Rosalia gehört hätte, oder?"

„Das war ja mal ein Vortrag", grinste Beatrice und wurde gleich darauf wieder ernst.

„Ich finde es halt nicht ganz normal oder sagen wir mal ungewöhnlich, dass jemand die Zukunft sehen kann. Ich fühle mich irgendwie in ihrer Nähe beobachtet oder durchschaut und das stört mich einfach. Und die Klamotten, die gehen halt einfach gar nicht."

„Sie kann dich aber gar nicht durchschauen, weil sie die Visionen nicht steuern kann. Die sind einfach plötzlich da, wie ein Geistesblitz und völlig unabsichtlich", versuchte Mia sie zu beruhigen.

„Und was sollen wir jetzt machen?", wollte Isabel wissen.

„Na, ich würde vorschlagen, dass ihr zur Rektorin geht und sagt, dass ihr Chiara verloren habt und nicht wisst, wo sie ist. Am besten erwähnt ihr aber nicht die Vorhersage, die Rosalia gemacht hat, sonst dreht die Killig noch durch und lässt uns alle nie wieder aus dem Haus", sagte Mia.

Sie vermutete zwar, dass die Mädels der Rektorin trotz-dem alles brühwarm erzählen würden, aber vielleicht konnte man es verhindern, wenn man eine mögliche Ausgangssper-re in Aussicht stellte ...

„Ja, vielleicht hast du recht", meinte Hannah. „Und wer von uns geht zur Rektorin?"

„Na, am besten wir alle, oder?", antwortete Isabel schnell. Sie wollte sicher nicht diejenige sein, die man alleine zur Rektorin schickte. Gemeinsam waren sie sicherer. Vor was auch immer.

„Na gut, dann lasst uns noch die Pizza aufessen und dann machen wir uns auf den Weg. Kommst du auch mit, Mia?"

„Nein, ich kann ja zu dem Fall nicht viel berichten, ich war ja nicht mit euch unterwegs. Ich hab mir ein paar tolle Bücher gekauft und würde gerne darin schmökern."

„Ja, okay, du hast recht, du könntest vermutlich wenig sagen, du bist ja im Prinzip nur am Tisch im Eiscafé vorbeigelaufen", nickte Isabel.

„Okay, Mädels, dann lasst uns mal in die Höhle des Löwen gehen", sagte Hannah und stand auf. Die anderen folgten ihrem Beispiel und trugen gemeinsam die Tabletts und das benutzte Geschirr in den dafür vorgesehenen Geschirrwagen. Dann verließen sie gemeinsam die Kantine.

Mia hatte ihre Pizza auch fast aufgegessen und gab Rosalia mit dem Kopf ein Zeichen, dass sie gleich rausgehen würde. Rosalia nickte. Sie hatte extra langsam gegessen und konnte so bereits aufstehen und gleich auf ihr Zimmer gehen.

Mia würde sicher nachkommen. Dann würde man sie nicht zusammen aus der Kantine gehen sehen. Auch wenn Rosalia sicher war, dass die Mädels ohnehin vermuten würden, dass sie und Mia sich über den Vorfall noch genauer unterhielten. Und außerdem war es schließlich nicht verboten, sich in den Zimmern zu treffen.

Wenige Minuten später saßen sie zusammen in Rosalias Zimmer, wo Rosalia ihrer Freundin die schönen Karten mit den Engeln zeigte und die vielen Bücher, die sie sich gekauft hatte.

Sie redeten auch über Chiaras Verschwinden, aber sie würden natürlich heute Abend nichts Neues mehr erfahren. So dachten sie zumindest, bis mitten in der Nacht Chiara auftauchte und kurz darauf die Polizei anrückte ... Rosalias schlimme Befürchtungen hatten sich offenbar bewahrheitet.

Chiara

9

Am nächsten Morgen war das Thema Chiara natürlich Tagesgespräch unter den wenigen anwesenden Mädchen. Und obwohl Rosalia und Mia gemeinsam an einem Tisch in der Ecke – mittlerweile ihr Stammplatz – saßen, kamen Beatrice, Isabel und Hannah direkt auf sie zugesteuert und setzten sich zu ihnen an den Tisch.

Rosalia wurde regelrecht bleich im Gesicht. Sie befürchtete das Schlimmste. Mia zog lediglich eine Augenbraue hoch und blickte von einem Mädchen zum anderen.

„Was verschafft uns denn die Ehre?", fragte sie.

„Wir müssen reden", erklärte Beatrice.

„Kannst du uns sagen, was passiert ist?", fragte Rosalia leise und traute sich nicht, die Mädchen anzublicken. Sie hielt ihren Blick stur auf das Marmeladebrötchen (mit Kirsch!) gerichtet, das halb angebissen vor ihr lag. Im Moment war ihr irgendwie der Appetit vergangen.

„Chiara ist irgendwann um 22 Uhr aufgetaucht und direkt zur Rektorin gegangen. Dieser Jonas hatte sie zu sich nach Hause eingeladen, mit Sekt abgefüllt und wollte mit ihr rummachen. Da hat sie sich an Rosalias Warnung erinnert und zum Glück versucht, zu flüchten.

Da hat er sie rausgeworfen und die Treppe runtergeschubst. Sie hat sich den Arm gebrochen und ist halb wahnsinnig vor Schmerzen herumgeirrt und hat sich erst nicht getraut, wieder zurück zu kommen.

Irgendwann ist sie dann zu Fuß hier angekommen und hat der Rektorin alles erzählt. Die hat die Polizei gerufen und den

Krankenwagen. Chiara ist jetzt über Nacht im Krankenhaus und wird dann später wieder hierher kommen. Die Polizei kommt auch und will dann unsere Aussagen aufnehmen. Und, ähm, die Rektorin will wohl mit Rosalia sprechen, denn Chiara hat ihr von der Vorhersage berichtet ..."

Jetzt wurde es Rosalia wirklich schlecht. Wenn die Rektorin dann plötzlich auch noch gegen sie war, hatte sie einen noch schwereren Stand als sie es jetzt schon hatte.

Rosalia begann zu weinen.

„Ich wollte sie doch nur warnen ..." der Rest ging in einem Schluchzen unter.

„Rosalia?"

Ausgerechnet jetzt hatte die Rektorin die Kantine betreten und war unbemerkt zum Tisch der Mädchen gekommen.

„Rosalia, würdest du bitte mit mir kommen?"

Schniefend folgte sie der Rektorin und die anderen schauten ihr mitleidig nach. Es war nicht sicher, was jetzt passieren würde.

„Oh Mann, ausgerechnet. Die Rektorin hat sicher kein Verständnis für Visionen und Vorhersagen. Das gibt bestimmt Ärger. Dann hat sie nicht nur euch gegen sich, sondern auch noch die oberste Chefin", stellte Mia wütend fest.

„Wir sind nicht gegen sie. Sie ist uns einfach nur unheimlich. Und dass sie letztlich recht gehabt hat, oder zumindest beinahe, macht die Sache nicht wirklich besser."

„Ich finde schon!", konterte Mia scharf.

„*Lieber nur ein gebrochener Arm als eine Vergewaltigung und womöglich noch eine Schwangerschaft, oder etwa nicht?*"

Die Mädchen zuckten zusammen und nickten dann langsam. So gesehen hatte Mia wohl recht.

„*Ich finde, dass ihr Rosalia wirklich eine Chance geben solltet. Lernt sie kennen und unterhaltet euch mit ihr. Ihr braucht sie ja nicht über die Vorhersagen auszufragen. Fragt sie doch nach ihrem Lieblingsbuch oder weiß der Kuckuck was ... Seid einfach ganz normal, ist das denn so viel verlangt?*"

Betretenes Schweigen.

„*Ja, wir könnten es vielleicht versuchen*", meinte Beatrice zögernd. „*Ich meine, vielleicht mögen wir sie ein wenig, wenn wir sie besser kennen ...*"

„*Na also, das ist doch schon mal ein Anfang*", sagte Mia. „*Und jetzt lasst uns aufessen und dann suchen wir Rosalia und hoffen, dass die Rektorin sie nicht gefressen hat.*"

Schweigend beendeten die Mädchen ihr Frühstück, während Rosalia wie ein Häufchen Elend auf dem Besucherstuhl im Büro der Rektorin saß.

„*Rosalia, Chiara hat uns, also mir und der Polizei, berichtet, dass du sie im Eiscafé gewarnt hast, dass der Junge sie vergewaltigen will. Woher hast du das gewusst?*"

Rosalia seufzte und versuchte, sich zusammenzureißen. Die Rektorin würde das wohl nur verstehen, wenn sie die Geschichte ganz von vorn erzählte.

„*Dazu muss ich leider ein wenig ausholen, aber dann verstehen Sie es vielleicht besser*", erklärte sie.

Sie berichtete von Oma Maria und dass sie mit solchen Dingen aufgewachsen war. Und auch, dass sie immer wieder Eingebungen hatte, die sie aber nicht kontrollieren konnte und dass sie sich damit nicht wohlfühlte, sie aber auch nicht abstellen konnte. Und dass sie nur hatte helfen wollen und daher Chiara gewarnt hatte.

Die Rektorin hörte aufmerksam zu. Dann sagte sie: *„Weißt du, Rosalia, das ist schon ziemlich schwer zu glauben. Es gibt auch Leute, die denken, dass du dich vielleicht nur wichtigmachen wolltest und dir das ausgedacht hast. Oder dass du vielleicht eifersüchtig warst, weil Chiara besser bei den Jungs ankommt. Und so hast du aus reinem Zufall einen Treffer gelandet."*

„Nein, nein, so war das nicht. Ich habe wirklich eine Vision gehabt. Ich kann auch Kartenlegen oder die Handlinien deuten."

Dann kam Rosalia eine Idee.

„Ich wusste nicht, dass wir heute dieses Gespräch führen würden, also konnte ich mich auch nicht vorbereiten. Würden Sie mir bitte ihre Hand geben, dann zeige ich Ihnen, dass ich tatsächlich aus der Hand lesen kann."

Die Rektorin zog die Augenbrauen hoch und schüttelte den Kopf.

„Ich möchte hier ungern in einen Trick hineingezogen werden", erklärte sie dann.

„Aber ich kann es Ihnen dann wenigstens beweisen!", bettelte Rosalia regelrecht und ihre Augen füllten sich erneut mit Tränen.

Schließlich seufzte die Rektorin und reichte Rosalia ihre linke Hand über den Schreibtisch.

Rosalia zitterte vor Aufregung, sie durfte jetzt keinen Fehler machen, musste ganz ruhig bleiben. Sie konzentrierte sich auf die Handlinien und wurde ruhiger. Das hier konnte sie, das hatte sie von Oma gelernt.

Sie erzählte der Rektorin alles, was sie aus der Hand sehen konnte und verblüfft nickte diese. Dann passierte es. Rosalia zuckte zusammen als hätte sie einen Stromschlag erhalten.

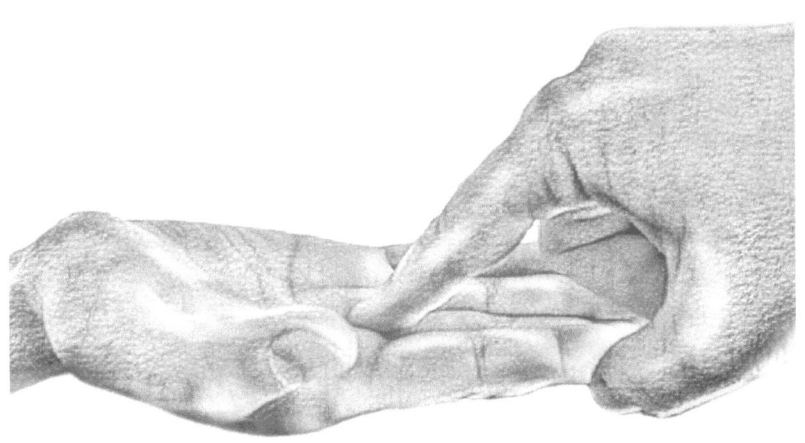

„Ich, ich habe eine Vision bekommen, ich kann nichts dafür. Ich sehe, dass Sie noch eine Schwester haben. Und einen Bruder, der allerdings bereits verstorben ist. Bei einem Autounfall. Ich sehe ein grünes Auto, das auf dem Dach liegt.

Und Sie sind geschieden. Sie haben keine Kinder. Aber Sie haben einen Freund, einen großen Mann mit schwarzen Haaren und braunen Augen, der Ihnen bald einen Heiratsantrag machen wird. Und Sie lieben Meerschweinchen. Sie hatten ein schwarzes Meerschweinchen, als Sie noch ein Kind waren."

Rosalia atmete tief durch.

„Es tut mir leid, ich habe diese Informationen kreuz und quer gesehen, als würde jemand ganz schnell bei einem Fernsehgerät die Kanäle wechseln. Hat irgendetwas davon gestimmt?"

„Es war alles richtig", antwortete die Rektorin ernst. „Bis auf den Heiratsantrag, da hast du mir ja jetzt die Überraschung verdorben."

Sie zwinkerte, als sie das sagte. Sie vermutete nämlich, dass ihr Freund tatsächlich etwas plante, er hatte für die nächste Woche ein sehr teures Restaurant gebucht und wollte ihr etwas Wichtiges mitteilen ...

„Und diese Informationen hätten dir die anderen Kinder nicht geben können, denn die wissen nichts von meinem Privatleben. Und niemand weiß, dass ich als Kind ein schwarzes Meerschweinchen hatte. Dazu hättest du meine Mutter oder meine Vater befragen müssen, was du wohl kaum getan hast, oder?"

Die Rektorin lächelte sogar.

„Nein, nein, natürlich nicht, ich habe niemanden gefragt, das habe ich jetzt gerade erst gesehen. Und so war es auch bei Chiara. Ich kann das nicht planen und ich kann keine Vision bestellen, es kommt einfach ab und zu. Meine Oma sagte immer, wenn ich älter werde, würde ich es irgendwann ganz bewusst herbeirufen können, aber bisher ist es noch nicht so."

Da die Rektorin schwieg, wurde Rosalia unsicher. Was hatte sie jetzt zu erwarten oder zu befürchten?

„Ich freue mich, dass wir das klären konnten, Rosalia. Du scheinst da tatsächlich eine Gabe vererbt bekommen zu haben, mit der du noch lernen musst, umzugehen. Aber viele Menschen haben einfach kein Verständnis für so etwas. Oder Angst davor. Hast du schon mal überlegt, dass die anderen Mädchen sich deshalb so seltsam fühlen, weil sie befürchten, dass du ihre Privatsphäre verletzen könntest? Dass du sie anschaust und alles über sie weißt? Als würdest du heimlich ihr Tagebuch lesen?"

Rosalia überlegte, dann schüttelte sie den Kopf.

„Nein, so habe ich das noch nie gesehen."

„Aber jetzt, wo du es weißt, kannst du vielleicht versuchen, nur im äußersten Notfall zu den anderen etwas darüber zu sagen, was du siehst, oder?"

Rosalia nickte.

„Die Mädchen würden es vielleicht interessanter finden, wenn ich es ihnen einmal zeigen dürfte. So wie Ihnen jetzt."

„Nein, Rosalia, wir sind ein exklusives Internat und kein Wanderzirkus mit Showeinlage. Natürlich kann ich dir nicht verbieten, mit den Mädchen darüber zu sprechen. Aber solan-

ge sie noch aufgewühlt sind, werden sie dich womöglich eher verspotten und sich über dich lustig machen, wenn du ihnen aus der Hand liest. Also bitte denke daran. Nur im Notfall! Okay?"

„Okay." Rosalia nickte.

„Und nun darfst du zu den anderen gehen, die werden bestimmt wissen wollen, was wir besprochen haben. Die Dinge aus deiner Vision behältst du aber bitte für dich. Ich möchte nicht, dass private Informationen hier die Runde machen. Wenn es nicht anders geht, dann erwähne mein Meerschweinchen „Fluffy", aber mehr auch nicht. Einverstanden?"

Wieder nickte Rosalia. Sie war erleichtert. Das war ja glimpflich ausgegangen. Schnell stand sie auf, verabschiedete sich und verließ das Büro.

Nun, da die Anspannung von ihr abfiel, hatte sie auch Hunger, doch die Kantine war bereits geschlossen und bestimmt hatte Mia ihr leeres Tablett und das Geschirr weggeräumt.

Also ging Rosalia an dem Snackautomaten vorbei und holte sich eine große Rolle Schokokekse sowie aus dem Getränkeautomat eine Tasse warme Schokolade. Damit bewaffnet machte sie sich auf den Weg zu ihrem Zimmer und war nicht überrascht, als sie dort bereits Mia auf dem Boden sitzen und warten sah.

„Meine Güte, da bist du ja endlich!", rief Mia und sprang auf. *„Schau mal, ich hab dir extra noch ein frisches Brötchen geholt und mit Kirschmarmelade dick beschmiert, so wie du es magst."*

Mia reichte ihr das Brötchen, eingewickelt in eine billige weiße Serviette aus der Kantine. Das war sicher besser, als eine Packung Schokokekse zu futtern.

„Prima, vielen Dank. Komm rein, du hast mir bestimmt was zu berichten."

„Darauf kannst du wetten. Und du hast mir sicher auch was zu erzählen!"

„Aber sowas von!"

Lachend gingen beide Mädchen in Rosalias Zimmer und ließen sich auf das Schlafsofa plumpsen.

„Erzähl du zuerst, dann kann ich mein Brötchen essen", forderte Rosalia Mia auf.

Mia nickte und berichtete dann alles, was sie in der Kantine erfahren hatte. Anschließend erzählte Rosalia ihr von dem Gespräch mit der Rektorin.

„Dann bin ich mal gespannt, ob die Mädels in nächster Zeit wirklich netter zu mir sind. Und vor allem, was Chiara zu der ganzen Sache sagt – falls sie überhaupt mit mir spricht."

10

Am nächsten Tag saß Chiara wieder im Unterricht und verhielt sich sehr still. Ihr linker Arm war eingegipst und sie war ungeschminkt und sah verheult aus. Niemand sprach sie darauf an.

Immer wieder warf sie Rosalia einen Blick zu, doch sie kam nicht auf sie zu.

„Bestimmt hasst sie mich", sagte Rosalia in der Pause nach der ersten Stunde traurig zu Mia.

„Nein, nein, das tut sie nicht. Sie kann nur nicht über ihren Schatten springen und auf dich zugehen. Ich weiß von Beatrice, dass Chiara gesagt hat, es wäre besser gewesen, wenn sie auf dich gehört hätte. Aber Chiara mag dich immer noch nicht, weil du ihr unheimlich bist, daher weiß sie nicht, wie sie mit dir umgehen soll. Das ist alles."

„Das ist alles? Das finde ich aber schon ziemlich viel. Immerhin bin ich ihr unheimlich. Soll ich mich darüber jetzt etwa freuen?"

„Nein, so war es nicht gemeint. Aber sie wird sich schon noch mit dir unterhalten, du musst nur ein wenig abwarten."

„Na, wenn du das sagst ..."

Dennoch verlief die restliche Woche sehr ruhig und ohne, dass Chiara mit Rosalia gesprochen hätte. Rosalia hätte sich gerne bei Chiara erkundigt, wie es ihr ging, aber sie traute sich ebenfalls nicht, sie anzusprechen.

Dann endlich, beim Abendessen am Freitag, steuerte Chiara mit Unterstützung von Isabel direkt auf den kleinen

Tisch zu, an dem die beiden Freundinnen saßen. Isabel jonglierte ihr Tablett und das von Chiara, auf dem Fischstäbchen und Kartoffelbrei aufgetürmt waren.

Mia nahm Isabel eines der Tabletts ab und half den Neuankömmlingen, am Tisch Platz zu nehmen. Rosalia betrachtete die Aktion eher argwöhnisch. War das jetzt ein gutes oder ein schlechtes Zeichen?

„Hallo", sagte Chiara leise und starrte auf die Fischstäbchen, als wären sie etwas Besonderes. Auch Rosalia vermied den Augenkontakt, als sie den Gruß erwiderte.

„Mädels", versuchte Mia zu vermitteln. „Nun stellt euch nicht an wie zwei Dreijährige. Sprecht endlich miteinander."

„Chiara, es tut mir leid", sagte Rosalia, die jetzt endlich klar Schiff machen wollte.

„Ich wollte dich nicht mit meiner Vision erschrecken, sondern warnen. Aber das hat leider nicht funktioniert. Ich weiß, dass die Menschen mich entweder für durchgeknallt oder für unheimlich halten und ich kann es nicht ändern. Ich habe diese Gabe geerbt und meine Oma hat ganz vielen Menschen dadurch helfen können, dass sie sie gewarnt oder ihnen einen guten Rat gegeben hat. Die Visionen oder das Handlesen sind nicht unbedingt etwas Schlechtes.

Aber ich weiß, dass du mich auch nicht magst, weil ich ganz anders bin als du. Das ist in Ordnung. Ich werde mich nie anpassen können und modische Klamotten tragen wie du. Zum einen, weil ich dafür viel zu dick bin und unmöglich aussehen würde und zum anderen, weil es mir einfach gefällt, was ich anhabe. Ich habe das nie für etwas Schlechtes oder

Schlimmes gehalten, aber offenbar ist es für andere wahnsinnig wichtig, dass man sich nach der neusten Mode kleidet ..."

Rosalia zuckte mit den Schultern. Sie hatte eigentlich gar keinen Vortrag halten wollen, aber es war jetzt einfach alles aus ihr herausgeplatzt.

„Die Mädels haben in den letzten Tagen viel auf mich eingeredet", sagte Chiara dann.

„Du und ich, wir kommen aus ganz verschiedenen Welten und tatsächlich gefallen mir deine Klamotten überhaupt nicht. Aber du bist mir einfach unheimlich, weil ich das Gefühl habe, dass du alles über mich weißt, wenn du mich anschaust und dann komme ich mir ausspioniert vor. Das mag ich nicht."

Rosalia wollte entsetzt widersprechen, doch Chiara würgte sie gleich ab.

„Moment noch. Ich weiß, dass es Menschen gibt, die so etwas können wie du und dass du nur spontane Visionen hast und das selbst nicht steuern kannst. Vermutlich fühlst du dich damit auch nicht wohl. Aber ich kann nichts gegen meine Gefühle. Ich werde versuchen, netter zu dir zu sein, aber ich glaube, wir werden keine Freundinnen werden – sorry, wenn ich das einfach so frei heraus sage."

Rosalia nickte. Das war mal eine offene Ansage gewesen!

„Das ist in Ordnung. Ich bin es gewöhnt, dass die Leute nicht mit mir befreundet sein wollen. Und wir beide haben ja auch nicht viel gemeinsam. Worüber sollten wir uns wohl unterhalten, wenn wir zusammen unterwegs wären?"

Rosalia versuchte zu lächeln.

„Aber dafür habe ich ja Mia. Sie liest gerne und wir können uns unheimlich gut über Bücher unterhalten. Da gehen uns die Themen nicht aus. Und sie hat auch keine Angst vor mir, das ist gut. Also ich bin froh, dass wir uns unterhalten haben und es wäre schön, wenn wir uns wenigstens nicht krampfhaft aus dem Weg gehen müssten. Und falls ich wieder einmal eine Vision von dir haben sollte, dann werde ich einfach die Klappe halten, okay?"

Nun musste Chiara doch lachen.

„Also falls du wieder einmal etwas Hilfreiches siehst, dann wäre es gut, wenn du mich warnen könntest. Ich werde sogar auf dich hören. Aber wenn du andere Dinge siehst, sag lieber nichts dazu, okay?"

„Einverstanden!"

Rosalia war froh, dass das Gespräch so glimpflich abgelaufen war. Schweigend aßen sie das nur noch lauwarme Essen, dann standen Isabel und Chiara auf.

„Ach, Chiara ..."

„Ja?"

„Lauf lieber ganz vorsichtig, damit du nicht hinfällst."

Chiara wurde bleich.

„Oh nein, hast du schon wieder eine Vision gehabt?"

„Nein, aber deine Schnürsenkel sind offen, du könntest darüber stolpern."

Chiara blickte nach unten und alle vier mussten lachen.

Isabel bückte sich rasch und knotete Chiaras Schnürsenkel neu, dann griff sie beide leere Tabletts und die zwei „Zicken" bahnten sich ihren Weg zur Geschirr-Rückgabe.

„Das war ja mal richtig seltsam, dieses Gespräch", bemerkte Mia.

„Naja, aber immerhin wissen wir jetzt alle, woran wir sind. Es herrscht wenigstens Frieden. Und dass sie nicht meine Freundin ist, ist auch nicht schlimm. Ich habe ja dich", grinste Rosalia.

„Stimmt. Und was planen wir für heute Abend?", fragte Mia zurück.

„Sollen wir uns einen Film streamen oder willst du lieber etwas lesen?"

„Ich denke, wir könnten uns gemeinsam eine Serie anschauen und dann würde ich gerne meinen Fantasyroman lesen."

„Cool, so machen wir es. Ich hab auch noch nicht alle Bücher gelesen, die ich letzten Samstag gekauft habe. Oh, übrigens – sollen wir eigentlich morgen in die Stadt fahren?"

„Ich weiß nicht, aber wir können uns ja einfach beim Frühstück spontan entscheiden, oder?"

„Okay, einverstanden."

Dann brachten sie ebenfalls ihr Geschirr zurück und machten sich auf den Weg zum Snackautomaten, bevor sie in Rosalias Zimmer gingen. Denn zu einer guten Serie gehörten natürlich auch Popcorn oder Chips.

11

Draußen wurde es langsam kühler und der Herbst war da. Vor dem Wintereinbruch wollten die Mädchen noch ein wenig draußen sein und so wurde kurzerhand der Kunstunterricht ins Grüne verlegt.

Bei guter Sicht, wenn es nicht gerade regnete, hatte man von dem Aussichtspunkt vorne an der Straße einen wunderbaren Blick auf die kleine Stadt. Doch heute sollte es in die andere Richtung gehen.

Alle Mädels bewaffneten sich mit einem Zeichenblock und Kohlestift und marschierten unter Aufsicht der Kunstlehrerin, Frau Seidel, entlang der Verbindungsstraße zur nächsten Stadt in Richtung Waldspielplatz.

Dieser lag an der Abzweigung der Verbindungsstraße und war über einen Schotterweg auch mit dem Auto gut erreichbar. Hier fanden manchmal Veranstaltungen statt, da man die große Wiese neben dem bewaldeten Areal auch gerne einem Zirkus zur Verfügung stellte oder Vereinen wie dem örtlichen Westernclub oder auch privaten Veranstaltern, die hier kleine Konzerte oder Firmenpartys ausrichteten.

Von dem etwas höher gelegenen Platz aus hatte man einen guten Blick über die Gegend und konnte sogar die Rückseite des Internats sehen. Hier sollten die Mädchen sich etwas aussuchen, was sie dann in der folgenden Doppelstunde zeichnen mussten.

Die Stimmung war gut, denn durch den Ausflug fiel auch die nachfolgende Stunde aus (wegen des Rückwegs) und sie konnten gemütlich zurückgehen und dann direkt in die Kantine zum Mittagessen.

„Wir sollten uns später noch zum Lernen verabreden", meinte Mia. „Morgen ist doch der Vokabeltest und du bist in Englisch Klassenbeste. Ich hab da immer noch meine Defizite."

„Ja, das bekommen wir schon hin, ich helfe dir gerne", nickte Rosalia.

„Du, Rosalia, könntest du denn nicht einfach in einer Vision den ganzen Test vorhersehen und uns dann Bescheid ge-

ben, welche Wörter abgefragt werden?", fragte Hannah, die das Gespräch verfolgt hatte.

Rosalia schüttelte entschieden den Kopf.

„Tut mir leid, Hannah, aber ich kann doch meine Visionen nicht einfach „bestellen" und wenn ich es könnte, dann würde ich sie nicht dazu benutzen, bei Klassenarbeiten zu schummeln. Außerdem bin ich in Englisch so gut, dass ich nicht betrügen muss. Wenn du aber Hilfe brauchst, kannst du gerne heute Nachmittag mit mir und Mia lernen."

„Ach, nein, ich lerne alleine. Ich versuche einfach, alles auswendig zu lernen, dann wird es schon klappen. Aber danke für das Angebot!"

Hannah ging etwas schneller und ließ Rosalia und Mia hinter sich. Dafür schloss sie neben Isabel und Beatrice auf. Chiara trottete in Gedanken versunken zwei Schritte hinter ihrer Clique her. Sie war seit dem Vorfall noch nicht munterer geworden. Doch immerhin musste sie inzwischen keinen Gips mehr tragen und war etwas beweglicher als zuvor.

Sie tippte eifrig auf ihrem Smartphone herum, obwohl das während des Unterrichts verboten war. Vermutlich hatte sie einen neuen Verehrer am Start. Sie hatte Glück, dass Frau Seidel die Gruppe anführte und sich nicht minütlich nach ihren übermütigen Mädchen umschaute.

Als sie an der Abzweigung ankamen und in den Schotterweg einbogen, näherte sich ein dunkler Van. Einer von den Bussen, die sich an die Straße stellten und Verkehrssünder blitzten. Dafür war die Einbuchtung an der Schotterstraße ideal. Hier konnte der Bus parken und die Blitzeranlage aufbauen.

Der Bus hielt auch, doch Rosalia hatte plötzlich das Gefühl, dass etwas nicht stimmte. Leider hatte sie keine Vision, sodass sie nicht wusste, warum sie plötzlich so alarmiert war.

Der Van hielt und die Seitentür schwang auf. Drei maskierte Männer, ganz in schwarz gekleidet sprangen aus dem Wagen ohne Nummernschild und schoben die Mädchen hastig beiseite, dann schnappten sie sich Chiara.

Einer hob sie unter den Armen, einer griff sich die Beine und dann rannten sie mit ihrer Beute zurück zum Wagen, warfen sie unsanft hinein und fuhren mit quietschenden Reifen davon, nachdem der Dritte sich vergewissert hatte, dass niemand versuchte, sie aufzuhalten.

Er sprang hinterher und knallte die Tür zu. Chiaras Hilfeschreie waren nur noch kurz zu hören, dann verstummte sie. Vermutlich hatte man ihr den Mund zugehalten oder sogar zugeklebt.

Die Mädchen waren geschockt und begannen zu kreischen, Frau Seidel wurde grünlich-weiß im Gesicht und kramte in ihrer nachgemachten Versace-Handtasche sofort nach ihrem Smartphone, um die Polizei zu informieren.

Anschließend rief sie der Rektorin an, damit diese Chiaras Eltern informieren konnte.

„Mädchen, kommt rasch alle her zu mir. Sofort!", rief Frau Seidel dann und versuchte, die aufgeregten Kinder zu beruhigen, die sichtlich unter Schock standen.

„Wir gehen jetzt gemeinsam und bitte alle eng beisammen sofort zurück ins Internat. Ich weiß, dass ihr zu alt dafür seid, aber bitte geht in Zweiergruppen neben der Straße und beeilt

euch. *Die Polizei wird auch gleich eintreffen und uns zu dem Vorfall befragen. Dann müsst ihr versuchen, euch zu konzentrieren und an alles zu erinnern, was helfen könnte, Chiara schnell zu finden. Okay?"*

Die Mädchen nickten verängstigt und gingen immer zu zweit nebeneinander im Eilschritt zur Schule zurück.

„Und du hast das nicht kommen sehen?", zischte Mia aufgeregt.

„Nein, sonst hätte ich doch etwas gesagt!", gab Rosalia geknickt zurück.

„Na, hoffentlich entwickeln sich deine Fähigkeiten noch weiter, dann kannst du uns besser beschützen", bemerkte Mia trocken.

„Willst du jetzt andeuten, dass ich daran schuld bin, dass Chiara entführt wurde?", fragte Rosalia erschrocken.

„Nein, Quatsch, natürlich nicht. Aber ich dachte, in so einem Fall wäre es echt praktisch, wenn du etwas sehen könntest – oder gesehen hättest, ach, du weißt schon, was ich meine."

Nur Minuten später bogen die Mädchen wieder auf das Grundstück des Internats ein, wo sie sofort von den Lehrerinnen im Empfang genommen wurden.

„Kommt erst mal in die Kantine, unsere gute Seele, Frau Braun, hat die Küche geöffnet und heiße Schokolade für euch gemacht. Gleich gibt es auch noch Waffeln. So könnt ihr euch erst einmal stärken, denn das Mittagessen wird sich womöglich verschieben. Je nachdem, wie lange die Polizei für die Befragung braucht."

Zitternd und mit bleichen Gesichtern marschierten die Mädchen in die Kantine und schoben zwei große Tische zusammen, damit sie alle zusammensitzen konnten. Die Lehrerinnen zogen sich Stühle von den anderen Tischen dazu.

Dreißig Minuten später, als alle aufgewärmt und etwas ruhiger waren, standen vier Polizeibeamte in der Kantine. Zwei waren mit den Ermittlungen beschäftigt und würden die Aussagen aufnehmen. Die beiden anderen waren Polizeipsychologen, die den Mädchen helfen sollten, das Erlebnis zu verarbeiten.

„Das ist eine Katastrophe", sagte die Rektorin zur Kunstlehrerin.

„Wir hatten befürchtet, dass das passieren könnte. Vielleicht sollten wir doch einen Securityposten einrichten? Immerhin haben wir hier nicht nur Chiara, die als Tochter eines Politikers gefährdet ist, sondern auch die Kinder von Diplomaten und Stars. Trotz bester Geheimhaltung könnte jemand herausfinden, wo sie zur Schule gehen und sie dann entführen", gab Frau Seidel zurück.

„Ja, ich werde zum Schutz vor weiteren Übergriffen gleich eine Securityfirma beauftragen, sofort jemanden zu schicken. Und für die Mädchen ist ab sofort der Ausgang verboten. Wenn eine etwas braucht, werden wir es liefern lassen oder abwechselnd in der Stadt einkaufen gehen. Das ist zwar etwas umständlich, aber die sicherste Lösung. Wir werden das später im Lehrerzimmer besprechen, sobald die Polizei hier fertig ist."

Dann gingen sie wieder zurück in die Kantine, wo die Polizei jedes Mädchen einzeln dazu befragte, was es gesehen hatte. Die Beamten wussten, dass die Zeugenaussagen sich häufig unterschieden, obwohl alle dasselbe vor Augen gehabt hatten. Zum Glück konnten sie bei so vielen Mädchen am Ende Übereinstimmungen gut herausfiltern und so wichtige Details für den Profiler und die Fahndung festlegen.

Doch es gab nicht allzu viele Informationen, die verwertbar waren. Auf den Fahrer hatte keines der Mädchen geachtet. Die drei Männer waren komplett in schwarz gekleidet gewesen, vermutlich ein eng anliegender Trainingsanzug und sogar schwarze Turnschuhe. Dazu eine schwarze Sturmhaube, bei der nur die Augen zu sehen waren. Und sie hatten sogar Handschuhe getragen.

Die Männer waren durchschnittlich groß und schlank und es gab ansonsten keine weiteren Auffälligkeiten. Das Fahrzeug selbst war ebenfalls schwarz und hatte kein Nummernschild gehabt. Zur Automarke konnten die Mädchen nichts sagen. Sie bezeichneten das Fahrzeug als „Bus" und „Van" und mit einer seitlichen Schiebetür. Aufkleber oder Kratzer und Dellen waren ihnen nicht aufgefallen.

Die Polizisten nahmen geduldig alle Infos auf, waren aber enttäuscht davon, dass diese recht mager ausfielen. Das Fahrzeug war in Richtung Wächterstett weitergefahren. Also könnte es jemand in der Stadt gesehen haben. Denn es gab keine weitere Abzweigung oder keinen Feldweg zwischen dem Internat und dem Hügel abwärts gelegenen Ort. Außer natürlich, das Fahrzeug wäre quer über die Wiese gefahren. Aber das hätte deutliche Spuren hinterlassen. Selbstverständlich würden die Polizisten das dennoch prüfen.

Da es bereits Donnerstag war, legte die Rektorin fest, dass für die betroffenen Mädchen der Unterricht erst am Montag wieder weitergehen würde. So lange hatten sie Zeit, sich zu beruhigen und sich mit der Vertrauenslehrerin zu unterhalten.

Die Polizei beschloss, die Entführung vorerst nicht in den Nachrichten zu bringen, bis klar war, ob eine öffentliche Fahndung notwendig war oder ob Chiara plötzlich wieder auftauchen würde. Es hatte schon Fälle gegeben, in denen Kinder „zum Spaß" von vermeintlichen „Freunden" entführt worden waren, um ihnen einen Denkzettel zu verpassen und sie einzuschüchtern. Bei der Polizei gab es praktisch nichts, was sie nicht schon einmal erlebt hatten. Und erwartungsgemäß würden sich wohl die Entführer demnächst wegen einer Lösegeldforderung melden.

Die Nachricht von der Entführung verbreitete sich im gesamten Internat wie ein Lauffeuer und verwandelte das Schulgebäude in einen Hexenkessel. Auf den Fluren wurde wild diskutiert und verschiedene Theorien ausgetauscht. Im Unterricht waren die Kinder unkonzentriert und abends ging es auch in den Zimmern noch hoch her.

Vor allem sorgte die Nachricht, dass ab sofort eine Ausgangssperre für alle galt, für große Aufregung. Doch hoffentlich würde die Situation sich bald entspannen.

Gleich am nächsten Tag waren vier respekteinflößende Männer der Securityfirma vor Ort und patrouillierten regelmäßig auf dem Grundstück. Auch die Polizei fuhr immer wieder zur Kontrolle vorbei.

12

Am nächsten Tag erfuhren die Mädchen über den „Buschfunk", dass die Entführer Chiaras Vater einen Erpresserbrief geschickt hatten. Gegen die Summe von 1 Million Euro würden sie Chiara umgehend freilassen.

Die Polizei wusste allerdings, dass man sich darauf nicht unbedingt verlassen konnte. Denn viele Entführer wollten auf Nummer Sicher gehen und brachten die Opfer trotzdem um, damit diese nach der Freilassung nicht verraten konnten, von wem sie entführt worden waren. Das war immer ein großes Problem. Doch die Geldübergabe bot häufig eine geeignete Gelegenheit für die Polizei, einzugreifen.

„Ist das nicht schrecklich, dass Chiara erst beinahe vergewaltigt wird und jetzt sogar entführt?", fragte Mia beim Mittagessen und stocherte gnadenlos in den unschuldigen Erbsen herum, die es heute als Beilage zum Putensteak gab.

„Ja, das ist wirklich schrecklich. Ich wusste ja gar nicht, dass Chiaras Vater so berühmt ist, dass man seine Tochter entführt. Aber ich kenne mich mit Politik auch nicht so gut aus."

„Über diese Aussage freut sich unsere Frau Klein bestimmt ganz besonders", grinste Mia. Denn sie hatten erst kürzlich im Geschichtsunterricht besprochen, wie Wahlen funktionierten und welche Parteien es gab.

„Ach, schau mal an, wer da kommt ...", entfuhr es Rosalia.

Als Mia sich umdrehte, sah sie, wie Hannah, Isabel und Beatrice sich energisch einen Weg zu dem kleinen Tisch in der Ecke bahnten. Ungefragt ließen sie sich auf die freien

Stühle plumpsen und stellten die Tabletts mit den figurbewussten Salattellern mit Käse, Ei und Pilzen ab.

„Rosalia, wir wissen ja, dass du nicht absichtlich irgendwelche Visionen erzwingen kannst. Aber du kennst dich doch auch mit dem Kartenlegen aus. Hast du denn keine Möglichkeit, etwas über Chiara und ihre Entführer herauszufinden?", fragte Hannah ganz direkt.

Alle starrten Rosalia erwartungsvoll an.

„Ähm, ja, also ... ich weiß nicht."

Rosalia fühlte sich überrumpelt. Selbstverständlich konnte sie ihre Karten befragen. Aber wem sollte sie ihre Erkenntnisse dann mitteilen? Sollte sie etwa der Polizei sagen, dass sie in ihren neuen Engel-Tarotkarten wichtige Hinweise gefunden hatte? Womöglich würde sie dafür in der Klapse landen. Naja, ok, vielleicht doch nicht, aber wer würde ihr das denn glauben?

Sie versuchte, diese Gründe auch den Mädchen zu erklären.

„Ihr wisst doch, dass ihr mir auch nicht geglaubt habt. Was soll denn dann wohl die Polizei dazu sagen – falls ich überhaupt etwas herausfinden kann?", fragte sie.

„Na gut, das ist vielleicht ein Problem, aber wir würden dann auch mitkommen und der Polizei bestätigen, dass du schon ganz viele richtige Visionen gehabt hast und dass die immer stimmen."

„Das wäre doch gelogen, ihr wisst nur von einer einzigen Vision und die konnte ja sogar verhindert werden."

„Ach, das spielt doch keine Rolle. Das ist dann eben eine Notlüge. Aber wir können doch nicht zulassen, dass Chiara von den Entführern umgebracht wird! Du musst irgendetwas tun. Bitte!!!“

Jetzt flehte Hannah sogar und Rosalia war verunsichert. Natürlich müsste man alles versuchen, aber die besten Hinweise würden überhaupt nicht weiterhelfen, wenn die Polizei ihr das nicht glaubte. Und welchen Grund hätten sie dafür?

„Du kannst die Informationen auch der Rektorin geben und sie soll die dann einfach der Polizei melden. Sie könnte ja sagen, dass sie das von einem anonymen Informanten erfahren hat oder so.“

Rosalia war nicht überzeugt davon, dass es die Sache besser machen würde. Aber natürlich wollte sie unbedingt helfen.

„Na gut, ich werde auf jeden Fall versuchen, etwas herauszufinden“, versprach sie dann.

„Super! Können wir auch dabei sein, wenn du was herausfindest?“, fragte Isabel.

„Wieso?“, fragte Rosalia verblüfft zurück.

„Das ist für euch doch wenig spannend. Ich werde einfach Karten auslegen, mich konzentrieren und dann schauen, ob ich Informationen erhalte.“

„Hört sich nicht spektakulär an, aber ich habe das noch nie gesehen, auch keine Karten. Kann ich trotzdem zuschauen?“, fragte Isabel nochmals.

Rosalia warf einen unsicheren Blick zu Mia hinüber, die die restlichen Erbsen auf ihrem Teller mit der Gabel müde jagte, bevor sie sie endlich in den Mund schob.

Mia zuckte nur die Schultern.

„Ich weiß nicht, ob ich mich konzentrieren kann, wenn mir jemand zusieht. Dann sieht die Erfolgschancen nicht so hoch", gab sie zu bedenken.

„Wir werden auch ganz still sein", versprach Beatrice.

Rosalia seufzte.

„Na gut, von mir aus. Treffen wir uns nach dem Essen in meinem Zimmer? Aber wie gesagt. Ich weiß nicht, ob ich das überhaupt schaffe, wenn mir alle über die Schulter schauen!"

Nachdem klar war, dass sie später gemeinsam versuchen würden, Chiara zu retten, aßen sie zufrieden schweigend ihre Teller leer und verabredeten sich dann in 20 Minuten in Rosalias Zimmer. Mia durfte ihre Freundin allerdings sofort dorthin begleiten.

Pünktlich klopften die drei anderen zur vereinbarten Zeit an die Zimmertür. Mia öffnete, während Rosalia ihre Karten auf dem Boden ausbreitete. Sie bat ihre Zuschauer, auf dem Schlafsofa Platz zu nehmen und atmete dann ein paarmal tief ein und aus.

Dann mischte sie die Karten und breitete sie in einem bestimmten Muster auf dem Boden aus. Die Mädchen auf dem Sofa hielten den Atem an.

Trotz der Zuschauer schaffte es Rosalia, sich auf die Karten zu konzentrieren. *„Chiara, wo bist du? Was ist mit dir passiert?",* fragte sie in Gedanken und versuchte, die Karten zu deuten. Eine bestimmte Botschaft, begann sich herauszukristallisieren. Völlig unbeweglich starrte sie auf die Karten und wartete, ob die Botschaft noch klarer wurde.

„Hilft vielleicht ein Foto weiter?", fragte Hannah dazwischen und zog ein Bild von Chiara aus ihrer Jackentasche. Sie warf es zu Rosalia hinüber, sodass es neben einer der Karten landete.

Rosalia zuckte kurz zusammen und griff dann nach dem Foto, um es beiseite zu schieben. Sie hatte bisher noch nie ein Foto gebraucht, um …

Da traf es sie mit voller Wucht. Die Entführung spielte sich vor ihrem inneren Auge nochmals ab und es war, als würde sie in dem Bus mitfahren. Sie konnte genau sehen, was mit Chiara passiert war. Es war wie ein Film und dauerte gut zwei Minuten.

Erst als die Mädchen schrien, kam Rosalia aus ihrem starren Zustand wieder zu sich.

Mia ließ sich neben ihr auf den Boden fallen und hielt ihr ein Taschentuch hin.

„Was ist, wieso …?"

„Du hast schlimmes Nasenbluten. Hier, wisch dir schnell die Nase ab und geh dich im Bad waschen. Brauchst du Hilfe?"

„Nein, nein, das geht schon."

Rosalia drückte sich gleichzeitig das Taschentuch ins Gesicht und stand auf, um in das winzige Bad zu gehen und sich das Gesicht zu waschen.

Die anderen Mädchen blieben aufgeregt zurück.

„War ich schuld? Weil ich das Foto hingeworfen habe?", fragte Hannah panisch.

„Ich hatte ja keine Ahnung ...“

„Ganz ruhig, Hannah, sie hat nur Nasenbluten. Das war bestimmt die Aufregung. Lass ihr Zeit, sich das Gesicht zu waschen, dann wird sie es uns selbst erzählen.“

Es dauerte eine Weile, bis Rosalia wieder aus dem Badezimmer kam. Vorsichtshalber hielt sie ein frisches Taschentuch in der Hand, falls das Bluten wieder beginnen würde.

„Mädels, ich weiß, was passiert ist und vielleicht finden wir noch heraus, wo genau Chiara steckt. Aber dazu brauche ich nicht die Karten, sondern den Stadtplan – und mein Pendel. Wie gut, dass ich beides gleich beim ersten Einkaufsbummel besorgt habe.“

Mia konnte sich noch gut daran erinnern, hatte aber seither nie gesehen, dass Rosalia wirklich mal einen Blick auf die Karte geworfen hatte.

Schließlich hatte Rosalia die Engelkarten weggeräumt und den Stadtplan ausgebreitet. Mit dem Pendel kreiste sie über der Stadt, bis es an einer bestimmten Stelle ausschlug.

„Das ist fast wie in den alten Serien von „Charmed“, da haben die Hexen auch immer über dem Stadtplan gependelt“, murmelte Beatrice.

„Psst“, zischte Isabel.

„Da ist es. Hier sollten wir Chiara finden!“, sagte Rosalia schließlich und zeigte auf eine Stelle am Stadtrand, im Industriegebiet.

„Und wie kommst du darauf, dass Chiara genau hier ist? Was hast du in deiner Vision gesehen?", fragte Isabel aufgeregt.

„Ihr werdet es nicht glauben, aber ich habe gesehen, dass sie von diesem Typen entführt wurde, der auch versucht hat, sie zu vergewaltigen. Und von seinen drei Kumpels, die mit euch in der Eisdiele waren."

„Waaaaaas?"

„Das kann doch nicht sein!"

„Niemals!"

Alle riefen durcheinander.

„Nun lasst sie doch der Reihe nach berichten!", fuhr Mia die aufgeregten Mädchen an.

Für Isabel, Beatrice und Hannah war das ein harter Schlag. Denn sie hatten mit den Jungs geflirtet und sich nett unterhalten. Und das sollen alles Entführer sein? Unglaublich!

„Also, ich hatte plötzlich eine Vision, die so klar war wie ein Film. Ich versuche mal, es für euch zusammenzufassen, damit wir gleich auf den Punkt kommen. Es sieht so aus, als hätte Chiara den Jungs gegenüber oder zumindest ihrem Freund gegenüber erwähnt, dass ihr Vater reich oder berühmt ist. Das ist er vielleicht nicht wirklich, aber sie wollte sich damit vermutlich wichtigmachen, was leider nach hinten losgegangen ist.

Jonas hat sie an dem Samstag abgeschleppt und hatte geplant, mit ihr zu schlafen und das alles zu filmen. Dann hätte er sie erpresst, damit sie ihm Geld bezahlt, damit er den Film *nicht zeigt. Aber das hat nicht funktioniert. Also hat er mit seinen Kumpels besprochen, sie zu entführen. Sie wussten nur nicht genau, wann und wo und sie haben wohl ihr Handy überwacht. Sie hat es benutzt, als wir unterwegs waren zum Waldspielplatz.*

Da wussten sie, wo Chiara ist und haben zugeschlagen. Ihr Freund ist gefahren und die drei anderen haben sie geschnappt. Dann haben sie sie in einen Kellerraum in einem alten Gebäude gebracht. Da stehen Musikinstrumente drin und zwei alte Sofas und eine alte Küchenzeile mit Mikrowelle und Kaffeemaschine.

Und dann haben sie ihrem Vater einen Erpresserbrief geschrieben. Sie würden Chiara nie umbringen, aber sie wollen das Geld und das teilen sie sich dann."

„Wow, das sind aber viele Informationen!", staunte Mia.

„Ja, das ist mir alles gleichzeitig im Schnelldurchlauf während der Vision gezeigt worden. Aber das wird mir doch die Polizei niemals glauben!"

„Vielleicht doch. Am besten gehen wir gemeinsam zur Rektorin und erzählen ihr alles. Hattest du nicht schon mal mit ihr darüber gesprochen nach dem letzten Vorfall?"

Jetzt fiel es Rosalia siedend heiß ein.

„Ja, das hab ich und ich hab ihr versprochen, dass ich keine Kunststückchen vorführen würde. Was ich aber jetzt getan habe. Oje, das gibt Ärger."

„Nein, warte, dann gehe nur ich mit dir hin und erkläre, dass du eine ganz spontane Vision hattest, als wir hier in deinem Zimmer waren. Das war völlig ungeplant. Wir werden

nur im Notfall zugeben, dass dir drei anderen auch hier waren. Dann bekommst du keinen Ärger und wir haben die Chance, Chiara zu finden."

„Das wäre einen Versuch wert. Okay, dann gehen wir mal zur Rektorin und ihr anderen geht am besten zurück in eure Zimmer und verratet erst einmal niemandem etwas."

Alle nickten und machten sich schnell auf den Weg in ihre Zimmer, während Mia und Rosalia mit vor Aufregung schwitzenden Händen an das Büro der Rektorin klopften, um ihr alles zu berichten. Inklusive der Adresse des Gebäudes, in dem sich Chiara vermutlich aufhielt ...

13

„*Rosalia, wie hast du dir das vorgestellt?*", fragte die Rektorin, nachdem sie den beiden aufgeregten Mädchen aufmerksam zugehört hatte.

„*Ich soll bei der Polizei anrufen und sagen, dass eines meiner Mädchen eine Vision hatte und dass sie Chiara in einem Gebäude im Industriegebiet suchen sollen?*"

Rosalia nickte zaghaft.

„*Naja, das entspricht ja der Wahrheit. Und ich würde wirklich gerne helfen.*"

„*Ja, das verstehe ich, aber die Polizei wird skeptisch sein und vermutlich nicht darauf eingehen.*"

„*Aber die Polizei in Amerika arbeitet auch mit Hellsehern zusammen, um verschwundene Kinder zu finden!*", erklärte Rosalia nachdrücklich.

„*Das weiß ich*", lächelte die Rektorin. „*Aber wir sind hier in Deutschland und dazu noch in einer Kleinstadt. Ich bin mir nicht sicher, ob die Polizei hier auf solche, ähm, modernen Methoden eingerichtet ist.*"

„*Lassen Sie es uns doch bitte versuchen!*", mischte sich nun auch Mia ein.

In dem Moment läutete das Telefon.

„*Moment, bitte!*"

„*Killig am Apparat*", meldete sie sich ganz förmlich.

Dann lauschte sie angestrengt und nickte ab und zu.

„*Verstehe*", sagte sie schließlich. Und zur Überraschung der Kinder fand sie tatsächlich eine vorsichtige Überleitung zu dem Thema mit den Visionen und versuchte, eine Info über den Aufenthaltsort von Chiara anzubringen. Warum sie das tat, konnten Rosalia und Mia sich dann leicht zusammenreimen.

Die Polizei hatte berichtet, dass es bereits einen Termin zur Lösegeldübergabe gab und hatte darum gebeten, dass alle Mädchen über das Wochenende das Internat nicht verlassen dürften, um die Aktion nicht zu gefährden. Sie hatten Angst, dass von den anderen Kindern auch noch eines entführt werden würde, um die Forderung nach oben zu treiben.

„*Wo Sie gerade die Übergabe erwähnen*", hörten Rosalia und Mia die Rektorin sagen, „*dürfen Sie mir sagen, an welchem Ort diese stattfinden soll? Ist es hier in der Nähe? Sind die Entführer womöglich aus dieser Gegend? Wir haben nämlich eine Securityfirma beauftragt, das Gebäude zu bewachen.*"

Dann lauschte sie auf die Antwort der Polizistin am anderen Ende.

„*Ja, natürlich, die Details wollte ich selbstverständlich nicht wissen, ich dachte nur ... oh, im Industriegebiet? Das ist ja interessant.*"

Rosalia und Mia starrten sich wie auf Kommando an. In der Frankfurter Straße 15 im Industriegebiet, direkt neben einem Schrotthändler, hatte das Pendel das Gebäude angezeigt, in dem Chiara gefangen gehalten wurde. Dass die Übergabe des Geldes wohl direkt in der Nähe des Verstecks stattfinden sollte, zeigte, dass die Jungs Anfänger waren und wohl nicht weiter darüber nachgedacht hatten, ihre Spuren zu verwischen. Gespannt hörten sie weiter zu.

„Nun, sehen Sie, ich weiß, dass Sie mich gleich für verrückt erklären werden, aber ich bitte Sie nur um einen Moment Ihrer Aufmerksamkeit. Ich habe hier eine hochbegabte Schülerin, die, wie soll ich es ausdrücken, medial oder hellsichtig veranlagt ist.

Sie hat dies bereits mehrfach unter Beweis gestellt und sie hat mir mitgeteilt, dass sie eine Vision darüber hatte, dass der junge Mann, der bereits versucht hat, Chiara Hermanns zu vergewaltigen, auch der Initiator dieser Entführung sei.

Zusammen mit seinen drei Freunden. Die jungen Männer haben wohl eine Band und ihr Proberaum liegt in der Frankfurter Straße 15, wohin sie laut der Vision meiner Schülerin auch Chiara Hermanns gebracht haben.

Auch wenn das vermutlich für Sie sehr albern klingt, gäbe es da nicht die Möglichkeit, dass Sie sich vielleicht dort einmal umsehen könnten?"

Dann war es eine Weile still, als die Rektorin aufmerksam der Polizistin zuhörte.

„Nun, das wäre doch gar nicht so schlecht, vielen Dank für Ihre Geduld. Bitte halten Sie mich auf dem Laufenden!"

Nach ein paar Abschiedsfloskeln beendete die Rektorin das Gespräch und wandte sich wieder den beiden nervösen Mädchen zu.

„Also, die Polizei hat auf Wunsch der Entführer in ein paar Tagen einen Übergabetermin auf einem Schrottplatz im Industriegebiet vereinbart. Und dieser Schrottplatz liegt zufällig

neben der alten Fabrik, in der im Kellergeschoß die Musik-räume vermietet werden. In den oberen Räumen befinden sich Büroräume, die jedoch momentan nicht voll belegt sind.

Die Polizei hat das allerdings erst detailliert erzählt, nach-dem ich die Adresse genannt habe, die Rosalia mir verraten hat. Die Polizistin war sogar sehr freundlich und sagte, dass sie persönlich nichts von solchen übersinnlichen Dingen hält, aber da der Hinweis auf einen Zusammenhang hindeuten könnte, würden sie bei der nächsten Routinekontrolle das Ge-bäude überprüfen. Mehr konnte sie nicht für mich tun. Aber immerhin …"

„Das ist gut!", freute sich Rosalia. „Sie werden Chiara be-stimmt finden!"

„War das wieder eine Vision?", fragte die Rektorin skep-tisch.

„Nein, ich bin nur optimistisch", grinste Rosalia und alle drei lachten.

„Nun gut, dann warten wir mal auf gute Neuigkeiten. Ich bitte auch aber beide, dass ihr nichts davon weitererzählt, denn das könnte Chiara in Gefahr bringen. Und jetzt muss ich nur noch alle informieren, dass niemand über das Wochenen-de das Internat verlassen darf."

Die Rektorin seufzte.

14

Tatsächlich schafften es Mia und Rosalia, niemandem die Details des Gespräches mit der Rektorin zu verraten. Sie sagten den anderen nur, dass sie die Rektorin informiert hatten und dass diese versprochen hatte, alles an die Polizei weiterzugeben. Und dass niemand etwas weitergeben dürfte, damit die Entführer nicht gewarnt waren.

Rosalia dramatisierte es vorsorglich noch, weil sie sich nicht sicher war, dass die Zicken, wie sie sie heimlich immer noch nannte, auch wirklich die Klappe halten würden.

„Bitte denkt daran, dass ihr wirklich niemandem etwas sagen dürft. Wenn die Entführer merken, dass die Polizei die Informationen nachprüft und ihnen auf die Schliche kommt, könnten sie Chiara vielleicht woanders verstecken oder sie sogar umbringen. Also bitte, bitte, sagt niemandem etwas, okay?"

Von Teenagern zu verlangen, solche dramatischen Dinge niemandem anzuvertrauen, war schon hart. Aber die Mädchen hatten wirklich Angst, dass Chiara etwas passieren würde und wenn alles gut ging, würden sie in der nächsten Woche darüber berichten dürfen, sobald Chiara in Sicherheit war.

Aufgrund dieser Problematik kam es dazu – was niemand erwartet hätte – dass die fünf Mädchen sich besser miteinander anfreundeten und in den nächsten Tagen ständig zusammensteckten. Denn nur miteinander konnten sie über das sprechen, was passiert war.

Die Klassenkameradinnen, die ebenfalls übers Wochenende im Internat festsaßen, konnten den Sinneswandel ihrer

Lieblingszicken nicht recht nachvollziehen. Hatten diese Mädchen denn nicht am lautesten über Rosalia gelästert? Was hatte sich plötzlich geändert?

Doch es gab momentan keine Möglichkeit, das aufzuklären. Und wenn jemand fragte, sagten Hannah, Beatrice und Isabel einfach, dass sie sich bemühen würden, Rosalia besser kennenzulernen, um ihr schlechtes Benehmen zu Beginn des Schuljahres wieder gut zu machen. Und dass Rosalia wirklich ein prima Kumpel sei. Okay, mit schrägen Klamotten, aber „Nobody's perfect".

Nun, vorübergehend akzeptierten die anderen diese Erklärung auch und Rosalia hoffte nur, dass das ganze Versteckspiel wirklich bald zu Ende gehen würde. Niemand würde den Zicken glauben, dass sie sich das restliche Schuljahr um Rosalia bemühen würden, einfach nur, um nett zu sein ...

Und tatsächlich stand plötzlich am Sonntagabend die Polizei vor der Tür – mit Chiara! Sofort stürmten alle Mädchen in die Halle und die Polizisten hatte Mühe, die Meute zu bändigen.

„Bitte lasst Chiara erst einmal in Ruhe, ihr könnt sie später befragen. Wir müssen mit ihr im Büro der Rektorin warten, bis ihre Eltern anreisen. Die sind bereits unterwegs. Ihr werdet dann später noch Gelegenheit haben, mit ihr zu sprechen."

Chiara war ganz blass und sie zitterte. Sie war in eine Decke gehüllt und wurde von zwei Polizistinnen gestützt. Die Rektorin versuchte, ihren Schreck beim Anblick der Schülerin so gut es ging zu unterdrücken.

Schnell winkte sie alle in ihr großes Büro und scheuchte dann die Mädchen von der Tür weg.

„Bitte lasst Chiara in Ruhe und bleibt auf euren Zimmern. Ihr könnt nachher mit ihr reden, falls sie das möchte. Vielleicht nehmen ihre Eltern sie auch gleich mit nach Hause. Wir werden sehen.“

Murrend zogen sich die Mädchen zurück. Sie hätten so gerne gewusst, wie es ihr ging und was geschehen war. Aber so mussten sie sich gedulden.

Isabel, Beatrice und Hannah hängten sich sofort an Rosalia und Mia an und zogen sich gemeinsam in Hannahs Zimmer zurück. Hannah hatte ein Päckchen mit Kuchen und Süßigkeiten von ihren Eltern geschickt bekommen und wollte es mit den anderen Mädchen teilen.

Dicht gedrängt quetschten sie sich auf das Schlafsofa in Hannahs Zimmer und griffen reihum in die Schachtel, die Hannah ihnen anbot. Hannah setzte sich auf ihren Schreibtischstuhl, damit sie mehr Bewegungsfreiheit hatten.

Zufrieden schmatzend überlegten sie dann, was wohl als nächstes geschehen würde.

„Ich vermute, dass Chiara das Internat wechseln wird oder vielleicht Privatunterricht bekommt, damit so etwas nicht noch einmal passiert“, meinte Isabel.

„Aber das ist doch dann voll langweilig, so alleine daheim zu hocken, das ist ja schrecklich“, regte sich Beatrice auf.

„Ja, aber würdest du hierbleiben wollen, nach dem, was passiert ist? Ich glaube, ich hätte jedes Mal Angst, wenn ich das Internat verlasse, dass mich irgendjemand schnappt und

verschleppt", überlegte Mia und schüttelte sich bei dem Gedanken daran.

„Ich glaube, sie wird ab jetzt immer Angst haben, egal, in welche Schule sie geht", sagte Rosalia und griff sich ein *Soft Cake* Kirsch aus der angebrochenen Packung.

Alle nickten. Ja, das wäre nur logisch.

„Glaubst du denn, dass sie heute noch abreisen wird?", fragte Mia Rosalia.

„Also ich habe im Moment keine Vision, falls du darauf hinauswillst", entgegnete Rosalia. *„Aber ich vermute, dass die Eltern sie mitnehmen möchten, um sie aufzupäppeln."*

„Wenn ich ihre Mutter wäre, würde ich das bestimmt auch machen", nickte Isabel. Die anderen stimmten zu.

Aber das waren natürlich alles nur Spekulationen, mit denen sie sich die Zeit vertreiben mussten, bis sie endlich mehr erfahren würden.

Das war aber an diesem Tag nicht mehr der Fall. Die Mädchen beobachteten zwar genau, ob sich draußen etwas tat, doch sie wurden enttäuscht. Chiara wurde aus dem Büro der Rektorin in ihr eigenes Zimmer gebracht und davor zwei Polizisten zur Bewachung abkommandiert.

Irgendwann mitten in der Nacht, als die Mädchen schliefen, kamen die Eltern und nahmen Chiara mit. Und am nächsten Morgen war sie einfach verschwunden und das Zimmer war leer, als wäre sie nie dagewesen.

15

Am nächsten Morgen trafen sich die drei „Zicken" mit Rosalia und Mia in der Kantine zum gemeinsamen Frühstück.

„Nun ist sie einfach weg, ohne sich zu verabschieden. Und wir werden nie erfahren, was eigentlich passiert ist und wo sie jetzt ist und wie es ihr geht. Das ist so traurig", beschwerte sich Hannah, während sie vorsichtig an ihrem Pfefferminztee nippte.

„Ach was, sie hat doch unsere Handynummer, sie wird uns bestimmt irgendwann eine Nachricht schicken", erklärte Isabel zuversichtlich und köpfte gekonnt ihr Frühstücksei. Eine Untugend, wie Rosalia fand, die ihre Frühstückseier lieber nur aufschlug und vorsichtig die Splitter einzeln entfernte.

„Rosalia, was denkst du?", wollte Mia wissen.

Rosalia grinste.

„Ich habe leider keine Vision ...", begann sie und Mia verdrehte die Augen.

„Du brauchst doch keine Vision zu haben, wenn wir deine Meinung hören möchten. Rate einfach."

„Ich denke, dass sie sich bei uns melden wird. Sie hat bestimmt Gesprächsbedarf und möchte uns mitteilen, was sie durchgemacht hat. Aber es könnte auch sein, dass die Polizei das verboten hat. Wir wissen ja nicht, ob die Täter schon festgenommen wurden oder ob sie auf der Flucht sind ..."

„Stimmt, das ist ein guter Einwand!", nickte Beatrice.

Dann betrat die Rektorin die Kantine und alle Gespräche verstummten wie auf Kommando.

„Schülerinnen, hört mir bitte einen Moment zu", erklärte Frau Killig ganz förmlich.

„Ich weiß, dass ihr euch alle Sorgen um Chiara macht, daher möchte ich euch beruhigen. Ihr ist nichts passiert. Die Polizei hat Chiara aufgrund eines anonymen Hinweises gefunden und gestern Abend hierher gebracht. Ihre Eltern haben sie dann heute Nacht noch abgeholt und mit nach Hause genommen.

Sie wird leider künftig in eine andere Schule gehen, wo sie vermutlich unter einem anderen Namen registriert wird, um anonym zu bleiben. Daher kann es sein, dass sie keinen Kontakt zu euch haben darf. Aber ... sie wird uns noch einmal besuchen, um sich am Wochenende von allen offiziell zu verabschieden.

Am Freitag findet daher kein regulärer Unterricht statt, sondern wir machen hier in der Kantine eine kleine Überraschungsparty, sodass ihr noch mit Chiara sprechen und euch in Ruhe verabschieden könnt.

Bitte löchert sie nicht mit Fragen nach der Entführung, das war eine ganz furchtbare Erfahrung für sie und ihr sollt sie auf keinen Fall daran erinnern. Und seid darauf vorbereitet, dass am Freitag hohe Sicherheitsvorkehrungen getroffen werden. Die Polizei wird mit Zivilbeamten vor Ort sein und unsere Securitymänner werden ebenfalls alles kontrollieren.

Nur für einen Abschied wäre sie wohl nicht mehr hergekommen, aber sie bekommt noch ihre ganzen Schulunterlagen und muss noch ihre Schlüssel zurückgeben und das wollte sie alles miteinander verbinden.

Falls ihr für ein Geschenk zusammenlegen wollt, dann macht euch Gedanken, worüber sie sich freuen würde und dann können wir von jedem Mädchen einen oder zwei Euro einsammeln und ihr etwas kaufen. Frau Seidel hat sich bereit erklärt, das Geschenk zu besorgen, damit keine von euch mit dem Bus in die Stadt fahren muss."

Die Rektorin warf einen Blick durch den Saal, um zu prüfen, ob auch alle zugehört hatten. Dann kam sie zum Tisch, an dem Rosalia saß.

„Die Polizei hat auf deinen Hinweis gehört", erklärte sie stolz. *„Und sie hat hinter dem Gebäude den schwarzen Bus stehen sehen, mit dem Chiara auch entführt worden ist. So konnten sie sofort zugreifen. Chiara geht es gut. Die jungen Männer haben ihr nichts getan. Sie ist nur etwas durcheinander und unterkühlt, aber der Teil wird schon wieder.*

Da die jungen Männer bereits volljährig sind, erwartet sie eine Gerichtsverhandlung. Sie befinden sich momentan in Untersuchungshaft und ihr braucht keine Angst vor ihnen zu haben. Falls ihr mit den Jungs irgendwie in Kontakt stehen solltet, sperrt die Nummern und haltet euch fern von ihnen. Wir wollen nichts riskieren, okay?"

„Wir haben keine Nummern ausgetauscht", schüttelte Isabel den Kopf. *„Sie waren zwar ganz nett, aber viel zu alt für uns."*

Die anderen nickten heftig.

„Dann ist es gut", lächelte die Rektorin und machte sich wieder auf den Rückweg ins Büro. Die Kinder mussten sich

beeilen, zu Ende zu frühstücken, um pünktlich in den Unterricht zu kommen.

16

Die Mädchen konnten es kaum erwarten, bis es endlich Freitag war. Fieberhaft überlegten sie, welches Abschiedsgeschenk für Chiara wohl infrage käme. Zwar wollen viele Mädchen aus der gesamten Schule sich an einem Geschenk beteiligen, doch die engeren Freundinnen und die 14 Klassenkameradinnen wollten ihr etwas Besonders mitgeben.

Ein kleines Gruppenfoto der ganzen Klasse war unbedingt Pflicht. Das druckten sie sogar aus und steckten es in einen exklusiven Rahmen, den Frau Seidel genauso besorgte, wie das Hauptgeschenk. Nach langem Überlegen hatten sie sich für einen Gutschein von Chiaras Lieblingsparfümerie entschieden, damit sie sich selbst etwas aussuchen konnte.

Die Kantine bereitete Heiße Schokolade, Tee und Kuchen, sowie verschiedene Sorten frische Muffins vor und dekorierte die Tische sogar mit kleinen Vasen, die jeweils eine einzelne Blume enthielten.

Dann fuhr der dunkle Wagen mit den getönten Scheiben vor und die Zivilpolizisten formierten sich draußen, um den Zugang zum Grundstück zu beobachten.

Chiara war immer noch ziemlich bleich, doch sehr gefasst und als sie die Kantine betrat, lächelte sie sogar. Eine nach der anderen stürmten die Freundinnen auf sie zu und umarmten sie. Hin und wieder flossen auch ein paar Tränen.

„Hey, ihr erdrückt mich ja!", jammerte Chiara lachend.

„Und eine große Party habt ihr auch schon vorbereitet, das ist ja super. Hoffentlich gibt es auch Blaubeermuffins, das würde meine Laune noch weiter heben!"

Selbstverständlich gab es Blaubeermuffins, die Mädchen hatten der Kantine selbstverständlich ausführlich berichtet, welche Torten und süßes Gebäck Chiara mochte.

Nachdem beinahe jedes Mädchen des Internats Chiara gleichzeitig begrüßt und verabschiedet hatte, blieb noch Zeit, damit sie sich mit ihren Freundinnen zusammensetzen konnte.

Rosalia und Mia wollten sich schon an einen anderen Tisch setzen, da hielt Chiara beide auf.

„Rosalia, Mia, wartet. Setzt euch auch dazu."

Zögernd kamen die beiden zurück.

„Ich weiß, dass ihr euch alle fragt, was passiert ist und dass ihr nicht mit mir darüber sprechen sollt. Aber ehrlich, es geht mir gut und an eurer Stelle würde ich es auch wissen wollen. Sobald ich im Bus war, habe ich die Jungs an der Stimme erkannt. Sie haben mir auch gleich gesagt, dass sie nicht vorhatten, mir etwas anzutun. Sie wollten „nur" Geld erpressen und sie haben mir auch gesagt, wo sie mich hinbringen.

Dann haben sie mir das Handy abgenommen und mich in ihrem Proberaum eingesperrt. Sie haben mir aber was zu essen gebracht und Kissen und eine Decke, damit ich auf dem Sofa dort schlafen konnte. Keiner hat mich angefasst oder geschlagen ...

Ich war aber total froh, als die Polizei plötzlich an die Tür klopfte und mich befreit hat. Zuerst konnte ich mir überhaupt nicht erklären, wie sie mich gefunden hatten. Aber dann erzählte eine Polizistin etwas von einem anonymen Hinweis einer Hellseherin und die Rektorin hat mir dann später bestätigt, dass Rosalia diese Hellseherin war. Du hast mich nun schon zweimal gerettet, Rosalia. Daher hab ich dir auch etwas mitgebracht."

Chiara kramte in ihrer überdimensionalen Tasche, die sie heute bei sich trug (vermutlich um alle Unterlagen mitzunehmen, die die Rektorin für sie vorbereitet hatte, oder in Erwartung eines großen Geschenks) und zog ein edel verpacktes Geschenk heraus.

Lächelnd überreichte sie Rosalia das Päckchen.

„Ich mag deine Klamotten immer noch nicht, aber vielleicht hilft das hier weiter?"

Rosalia wurde ganz rot vor Freude und öffnete hektisch das teure Geschenkpapier. In dem Karton, der zum Vorschein kam, und den Rosalia ebenso schnell öffnete, befand sich ein edles Kleid einer teuren Marke. Aber nicht irgendein Kleid, sondern eines im Gypsy-Style. Und zwar in einer unauffälligeren Variante, als das, was Rosalia üblicherweise trug. Es war beige und hatte braune Prints sowie einen kleinen Seitenschlitz, sodass Rosalia sogar Bein zeigen konnte.

„Ich habe noch nie so ein edles, teures Kleid besessen!", freute sich Rosalia. *„Vielen, vielen Dank dafür! Aber das wäre wirklich nicht nötig gewesen!"*

„Also ich finde schon. Immerhin hast du mich nun schon zweimal befreit."

Rosalia umarmte Chiara herzlich.

„Ich glaube, ich werde dich sogar vermissen", sagte Chiara dann. „Wer soll mich denn jetzt retten, wenn ich in eine andere Schule gehe?"

„Pass einfach gut auf dich auf, dann brauchst du keine Retterin", antwortete Rosalia.

„Das werde ich, versprochen!"

Schließlich erhielt Chiara auch noch das gerahmte Erinnerungsbild ihrer Mädchen und den Gutschein, für den sie sich ein neues Parfüm kaufen konnte. Diese Parfümerie gab es in allen größeren Städten, so dass es kein Problem sein würde, ihn einzutauschen, egal, wo sie von nun an in die Schule gehen würde.

Es blieb kaum noch Zeit für einen Muffin und eine Tasse Schokolade, da musst Chiara auch schon wieder los. Begleitet von zwei Securitymännern winkte sie den Mädchen noch ein letztes Mal zu, bevor sie zum Büro der Rektorin ging, um alle notwendigen Unterlagen abzuholen. Ihre Eltern hatten dort bereits auf sie gewartet.

„Das ist irgendwie traurig", meinte Rosalia. „Aber ich hoffe, dass ich auch so großartig verabschiedet werde, wenn ich nach diesem Schuljahr die Schule wechseln werde. Ich bin gespannt, wohin mein Vater dann versetzt wird. Irgendwie habe ich so eine Ahnung, dass es Amerika sein wird. Und das wäre großartig. Vielleicht werde ich dort eines Tages reich und berühmt und kann die ganz großen Stars beraten?"

„Nun mach erst mal langsam, du hast ja noch ein paar Wochen vor dir!", sagte Mia.

„*Ja, stimmt, und die müssen wir noch auskosten. Apropos kosten – lasst uns auf jeden Fall von jeder Muffinsorte einen kosten, bevor keine mehr da sind!*"

Kichernd stürzten sich die Mädels auf die Platte mit den Muffins uns futterten so viel sie konnten.

Vielleicht würde das restliche Schuljahr ja doch ganz nett werden? Und mit dem neuen Kleid fühlte sich Rosalia jetzt auch, als würde sie endlich dazugehören ...

Anhang:

Was ist ein Medium?

Manche Menschen werden mit einer besonderen Gabe geboren. Sie sind hellsichtig (manchmal auch hellhörend oder hellfühlend) und können Ereignisse bereits sehen, bevor sie eintreten.

Diese Medien oder Wahrsager waren in alten Kulturen sehr berühmt, da Könige und Herrscher sich auf die Vorhersagen dieser Personen verließen. Hellsichtige Berater waren etwas ganz normales. Selbst die Bibel erwähnt an vielen Stellen die Propheten, die den Menschen verkündeten, was in der Zukunft geschehen würde. Sehr bekannt ist auch das Orakel von Delphi. Hier konnten die Menschen eine Priesterin befragen, die im Apollontempel an bestimmten Tagen ihre Weissagungen verkündete.

Hellsichtige Personen oder Medien können aufgrund ihrer Gabe Visionen empfangen oder auch mit Verstorbenen, Engeln oder Naturwesen sprechen.

Besonders in Island ist es allgemein akzeptiert, dass dort Feen und Elfen oder Trolle leben. Wenn eine neue Straße gebaut werden soll, die durch das Gebiet dieser Naturwesen verläuft, dann müssen die Menschen diese Wesen erst um Erlaubnis bitten – oder die Straße um einen Elfenhügel herum oder auch ganz woanders hinbauen. Das gehört in Island zum ganz normalen Baugenehmigungsverfahren! Hierfür gab es sogar eine Elfenbeauftragte. Frau Erla Stefánsdóttir (1935 – 2015)* war eine hellsichtige Frau, die sich genau um diese Dinge kümmerte.

Heute beraten hellsichtige Menschen andere Personen, die nicht wissen, wie es in schwierigen Situationen weitergehen soll. Sie benötigen dazu keine Hilfsmittel, aber viele benutzen trotzdem eines. Die Auswahl ist dabei sehr groß. Denn man kann Karten legen, aus der Hand lesen, in eine Kristallkugel schauen, das Pendel benutzen oder aus dem Kaffeesatz lesen und vieles mehr.

Jeder von uns hat bis zu einem bestimmten Grad eine Begabung dafür und kann daher das Kartenlegen oder Pendeln erlernen. Aber leider kann man nicht auf Wunsch hellsichtig werden. Vielen gelingt es, diese Fähigkeit in bestimmten Kursen zu entwickeln. Beispielsweise in England werden besonders häufig solche Kurse angeboten.

Diese Angelegenheit ist jedoch keine Freizeitbeschäftigung, die man aus Langeweile durchführen sollte. Und schon gar nicht als Kind oder Teenager. Viele Jugendliche nutzen beispielsweise das Ouija-Brett, um Kontakte mit Geistern herzustellen.

In den meisten Fällen läuft das darauf hinaus, dass eines der Kinder schummelt und den anderen damit einen großen Schrecken einjagt. Doch manchmal melden sich dabei auch echte Geister, die man nicht so schnell wieder loswird. Also: Finger weg von solchen Dingen!

*Quelle: https://de.wikipedia.org/wiki/Erla_Stef%C3%A1nsd%C3%B3ttir

Die Autorin

Daniela Mattes, geb. 1970, Diplom-Verwaltungswirtin (FH) hat ihre schriftstellerische Laufbahn 2005 mit einem Kinderbuch begonnen.

Seither ist sie jedoch in jedem Genre vertreten und hat in verschiedenen Verlagen Kinderbücher, Fantasybücher, historische Romane, esoterische Bücher und Wahrsagekarten veröffentlicht.

Mit zwei Autorenkolleginnen hat sie lange Zeit die Kolumne „Federlesen" geschrieben, die zunächst in der Tageszeitung, dann als Printausgabe veröffentlicht wurde. Für den Ancient Mail Verlag hat sie bereits einige Bücher ins Deutsche übersetzt.

Mehr Informationen zu ihrer Person sind auf ihrer Webseite ersichtlich:

www.daniela-mattes.de

Cover und Lektorat:

Katharina Lindner

Katharina Lindner, Jahrgang 1980, hat Germanistik und Soziologie studiert und arbeitet als Lehrerin an einer Oberschule in Niedersachsen.

Die kreative Autorin hat bereits mehrere tolle Bücher veröffentlicht und Daniela Mattes bei vielen Projekten unterstützt. Beispielsweise sind die Bastelanleitungen und Fotos in dem Buch „Entführt von einer Nixe" ebenfalls von ihr.

Alles rund um die Ausnahmekünstlerin und ihre Werke gibt es auf ihrer Webseite und natürlich ihrem tollen Blog:

Webseite: http://www.lindner-katharina.de

Blog: www.seelenheiter.de

Illustrationen:

Kurt Diedrich

Kurt Diedrich war über 32 Jahre lang hauptberuflich als technischer Autor, Übersetzer und Computergrafiker für verschiedene, große Unternehmen der IT-Branche sowie für eine bekannte große Fachzeitschrift tätig. Heute betreibt er diese Arbeiten freiberuflich.

Mehr über ihn, seine Bücher und anderen Arbeiten sowie über seine angebotenen Dienstleistungen gibt es auf seiner Webseite:

https://www.subroutine.info/mein-leistungsprofil/

Von ihm stammen die Bilder: Internat, Einkaufszentrum, Buchladen, Eiscafé, Blick auf die Stadt vom Hügel.

Juliane „Julzi" Mehlan

Julianes Webseite ist noch im Aufbau, doch wer sich ein Bild von ihren Kunstwerken machen möchte, findet diese auf ihrer Instagram-Seite unter dem Namen:

„julzis_kuenstlerstuebchen".

Von ihr stammen die Bilder: Rosalia, Chiara, Handlesen

Folgendes Buch ist unter Mithilfe derselben
Illustratoren und der Lektorin und Mitautorin
Katharina Lindner entstanden:

ISBN-13: 9783740763374, Verlag Twentysix

Zum Inhalt: siehe nächste Seite

Entführt von einer Nixe:

Sabine langweilt sich in den Pfingstferien, da sie ihre Eltern zu einer Unterwasserexkursion an den Teufelstisch im Bodensee begleiten muss. Der Ausflug entpuppt sich jedoch für das Mädchen als Abenteuer ihres Lebens. Denn sie trifft eine waschechte Nixe, von der sie auch noch durch ein Raum-Zeit-Portal in eine geheimnisvolle Unterwasserwelt entführt wird.

Zunächst ist Sabine fasziniert von den neuen Eindrücken, bis sie erfährt, dass sie ab jetzt für immer hier bleiben soll ... aber eine Flucht scheint unmöglich, da sie nicht weiß, wie man durch die Portale zurückreisen kann, durch die sie gekommen ist. Kann ihr der legendenhafte Doktor Snow dabei helfen? Doch dazu muss sie ihn erst einmal finden.

BONUS:

Dazu gibt es im Anhang zauberhafte Basteltipps (mit Anleitung und Farbfotos) von Katharina Lindner. So können kleine Nixen sich Schmuck und andere Gegenstände im Meeresdesign leicht nachbasteln:

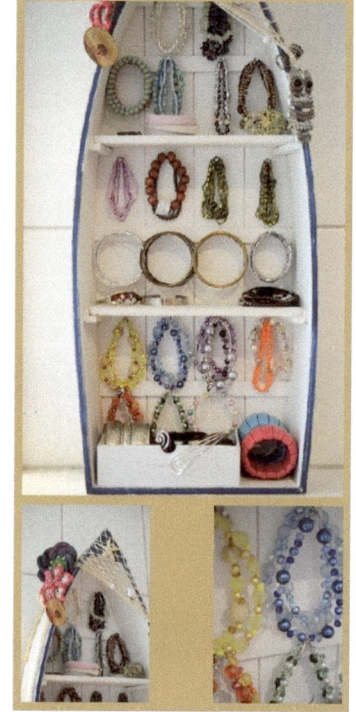